# VITTORIO GRAZIOSI

# SANG DE ROSE ÉCARLATE

## *(Journal Intime)*

ISBN : 978-1-913964-12-2
SKU/ID: 9781913964122



A catalogue record for this book is available from the British Library.

Editor: Wolf Graham
Traslation: Paola Del Monte
Cover: Vanessa Barbiero (Bibi)

Publishing Company:
Black Wolf Edition & Publishing Ltd.
Scotland  (UK)
www.blackwolfedition.com

---

# Juillet - Août 2005

*(7 Juillet 2005)*

Je trempais mes mains dans la mousse de savon en imaginant des nuages à la crème. C'était une journée normale, mais ma bonne humeur la rendait encore meilleure. Enfin de bonnes nouvelles. « Papa, ce soir je rentre. Tu peux me préparer des tortellini à la crème fraîche et des olives  frites?».

Voici le premier matin de cette histoire ou le dernier de ma vie.

Je confonds les souvenirs et la réalité comme un mélange de désinfectant et de sang dans une plaie. Je pense lui avoir répondu en riant: «Bien sûr mon roi, je prépare la meilleure table de cette année pour fêter votre retour.»

Je l'avais dit en imitant une blague, mais en vérité j'étais sérieux.

Je vivais pour lui. Il avait grandi dans mes bras...

Je me mords les lèvres de colère.

Il a grandi en un clin d'œil.

Je me souviens qu'il ressemblait à un poupon tout rose et parfumé comme une houppette. Maintenant, il est plus grand que moi et il a sur le menton un duvet doux et blond qui m'empêche de le couvrir de baisers.

J'essaye de retracer les étapes de sa croissance et pourtant, comment il est devenu un tel homme et si vite, cela reste sincèrement un magnifique mystère.

Et donc, je me suis retrouvé à m'occuper d'un homme, alors que je lui préparais des bouillies pour bébé très peu de temps auparavant.

Avec le même amour que lorsque sa mère l'a mis dans mes bras.

Eh oui, sa mère!...

Nous n'avons pas eu de grandes occasions de la revoir depuis.

Elle ne se sentait pas apte à être mère.

Elle disait toujours vouloir vivre une vie dans chaque continent.

Mais ça, c'est une autre histoire.

Quelque temps après ce jour maudit, je repense surtout au coup violent ressenti dans la poitrine: à  la hauteur du cœur, mes côtes ont tremblé.

Je ne me souviens d'aucun autre avertissement.

Il s'agissait peut-être d'une prémonition.

Ce matin-là, ma radio était branchée sur la chaîne de musique moderne. Je ne connaissais pas la chanson mais cette mélodie était si captivante que j'ai essayé de la fredonner en inventant les mots. Je lavais les assiettes en chantant.

Je chantais pour couvrir le bruit de mes pensées. Je le fais toujours quand mon fils est loin de moi. L'appréhension est un serpent froid qui glisse le long du dos, j'ai dû l'apprivoiser d'une façon ou d'une autre.

La musique s'arrête brusquement et je sais que je vais recevoir un coup mortel. Je sens que mes organes se brisent.

Une sensation de vomissement.

«... Édition extraordinaire:

 Édition extraordinaire!

Une nouvelle attaque!!!

Ils ont frappé le cœur de Londres.

Trois bombes ont explosé en succession rapide dans

les transports de Londres. Nous vous fournirons sous peu des informations plus détaillées. »

Mon Dieu! Mon fils!

Mon Dieu, tue-moi maintenant!!!

Noie ma mémoire dans la mer.

Étouffe-moi dans la boue de ma terrible peur. Je m'accroche au bord de l'évier pour ne pas tomber. Pourquoi je ne l'appelle pas, je ne sais pas.

Je téléphone au bureau de l'école puis à la Farnesina, mais la ligne est toujours occupée, à la fin ils répondent. Ils n'en savent rien. Ce sont eux qui vont me rappeler.

Puis j'éteins tout. Radio, télévision, lumière, et j'attends dans un coin près du téléphone. J'attends dans la pénombre bien que ce soit le matin, bien qu'il y ait du soleil. J'ai peur du monde trop indifférent à la folie lucide.

J'ai aussi peur des ombres dans cette pièce, des ombres qui bougent avec le temps sans que le téléphone sonne.

J'ai peur que mon cœur survive même si les nouvelles seront mauvaises.

Le soir est arrivé et le téléphone n'a toujours pas sonné...

Je n'ai plus d'ombres à gérer, la poussière du crépuscule se dépose sur chaque chose et tout devient irréel.

Seul le battement aigu de la pendule me ramène sur terre, je n'en peux plus. Je veux avoir des nouvelles! Je commence à hurler.

La sonnette retentit, couverte par mes cris.

Elle insiste, et enfin je l'entends. Je me traîne jusqu'à la porte.

Devant moi un carabinier me salue et demande à parler avec le père de Paolo. Je ne veux pas entendre ce qu'il veut me dire...

J'hésite.

Je voudrais tricher avec le destin.

«C'est moi...»

«Malheureusement, votre fils n'a pas survécu. C'est l'une des victimes de la première bombe dans le métro de Londres. Je suis désolé.»

Je le savais, malédiction!

Je le savais, je n'ai pas réussi à mourir avec lui.

Je ne m'effondre pas comme je le souhaitais.

«Le corps sera rapatrié en Italie après-demain à midi. Si vous voulez, on pourra vous accompagner à Rome pour recevoir la dépouille de votre fils.»

*(9 Juillet 2005)*

Deux jours passent dans une folie lucide.

Je prépare les tortellini à la crème fraîche et les olives frites qu'il m'avait demandés pour son  retour.

Je mets la table et laisse tout refroidir, en silence.

Puis je jette tout.

Je n'allume pas la télé, je n'écoute pas la radio.

Je n'ai même pas répondu au téléphone qui a sonné toute la journée. Je ne veux même pas savoir qui c'est.

Mon fils est mort !

Je suis à la morgue de l'aéroport.

Il est devant moi, je suis plus serein.

Non, ce n'est pas vrai !

Je fixe sa bouche en imaginant des mots derrière ses lèvres pincées.

Je touche sa main glacée, et je ferme les yeux.

Mais le miracle de me retrouver à sa place n'arrivera pas.

J'ai perdu un fils et mon fils m'a perdu.

J'ai vécu sur les battements de son cœur et je suis mort avec lui, avec son dernier souffle. Fin. Mais il n'en sera pas ainsi.

Je sens les mains "du peuple des hommes", une race détachée de la mienne, qui touche mes épaules comme pour me consoler. La touche magique pour m'arracher au gouffre... Qu'ils soient maudits !

Laissez-moi, je veux descendre dans le Scheol.

Je veux mon fils, peu importe l'endroit où cette maudite bombe l'a déchiqueté. Alors j'essaye de ne pas respirer...

Je résiste...

Je résiste...

Je résiste...

Puis je me mords les lèvres jusqu'au sang.

Ma tête tourne et une bouffée d'air brise ma résistance.

Je me veux du mal.

Je suis fou de douleur, une douleur si forte que mes os me font mal.

Je suis assez fou pour me sentir en paix maintenant qu'une pierre tombale le défend. Des petits rayons de soleil jacassent sur les lettres dorées de son nom et moi, je les effleure pour entendre l'esprit chaud de Dieu.

Sa caresse dans le vent du matin.

De quoi vais-je vivre maintenant que je suis mort ?

J'entends ses amis qui parlent, mais je ne les fait pas entrer. Je suis indécent et imprésentable. La douleur intense est toujours aliénante.

La souffrance pue, c'est dégoûtant !

J'attends dans le noir et dans le silence.

Tôt ou tard mon cœur devra bien comprendre qu'il est aller au-delà de son dernier battement.

*(20 Août 2005)*

J'ai déjà vécu mille ans de profonds soupirs, de larmes versées et recueillies pour être versées à nouveau. Mais ce maudit cœur qui continue à battre malgré moi. Il nourrit de sang la douleur qui est détachée de ma volonté et vit sa propre vie.

Il se réveille avant moi et la nuit il vient effrayer mes rêves.

Mon fils n'a rien à voir avec ça. Il n'était pas comme ça.

Maintenant il dort le sommeil de Dieu, il respire les parfums de Son espoir. Je crois qu'il est vivant car c'est de cette façon qu'IL le voit.

Ne levez pas le doigt, ne me demandez pas les raisons de vos doutes, vous qui vivez sans douleur et sans foi. Même si des mains amies prennent les miennes, je sens qu'elles ne sont pas sincères et je les laisse glisser sur la glace de l'indifférence.

J'attrape le blanc du soleil, le froid du vent, le noir de la nuit. Je m'écroule. Non, je me jette sur le sol et l'embrasse.

Je sens le blé déraciné depuis des mois, caresser mon dos , alors que le ciel descend au-delà de l'horizon et que le vent chaud de l'après-midi gonfle ma poitrine de tristesse.

# Octobre 2005

*(3 Octobre 2005)*

Puis la vie m'a arraché avec force et j'ai dû relever mes jambes pliées sur la tombe. J'aurais dû le faire moi-même.

Je lui disais «Ne t'enfuis jamais ! Derrière ta bonne âme il y a un homme déterminé». Mais tu as disparu avec mes mots sur ta peau.

Tu me regardais de l'air confiant de quelqu'un qui ne décevrait pas son père. Et pourtant tu l'as fait.

Et la colère est arrivée avant même la douleur qui nourrit les larmes.

*(13 Octobre 2005)*

Parfois ta copine vient me voir. Je ne voudrais pas qu'elle vienne.

Cela m'oblige à vivre sa douleur et c'est trop pour moi.

Elle aurait de très beaux yeux, s'ils n'étaient pas épuisés par les pleurs, et une bouche fraîche prête au sourire.

Ses mains ont faim de choses à saisir.

Elles ressemblent à de nouveaux voiliers à la recherche de bornes pour un havre de paix. Depuis quelque temps, je l'attends dans l'après-midi pour chauffer la cafetière sur le feu, pour changer l'air dans les pièces.

C'est elle que j'attends pour m'arranger un peu.

# (21 Octobre 2005)

Je ne sors pas volontiers, même pas pour aller faire des courses. Je suis obligé de faire un long  parcours pour aller acheter à manger.

Je ne travaille plus et je n'ai pas beaucoup d'argent.

Je cherche les meilleurs prix dans les magasins discount en banlieue:

– une bouteille de sauce tomate 0,40 €
– six bouteilles de bière 1,89 €
– un kg de pâtes sans marque 0,35 €
– soupe de légumes congelés un kg 1,02... €

Je marche parmi les palettes disposées en vrac, pendant que des langues inconnues parlent entre elles. Je ne regarde personne.

Les couleurs sont sans intérêt, je ne sens aucun parfum.

Une dame me demande quelque chose, peut-être un prix écrit trop petit pour ses yeux âgés. Mon regard la transperce et elle laisse tomber.

Un savon pour la toilette personnelle est suffisant, tandis que ma barbe fête ses quatre mois  d'existence.

Le café est tout près de la caisse et je le prendrai en dernier. Je veux qu'il soit de bonne qualité mais pas pour moi.

Maintenant je suis à la maison... Francesca viendra.

J'aimerais qu'elle sente l'arôme du café pour combler le silence des chambres froides. Il y aura des petites caresses sur les joues pour conjurer les larmes, quelques mots formels pour  pousser le temps en avant.

Nous ne parlons pas de mort. Jamais!

Elle est suffisamment présente ici.

En vérité nous n'avons pas de vrais arguments.

Peut-être qu'on en a un.

Nous nous racontons chaque rêve, comme si les rêves étaient la vraie vie ; comme s'il était possible de planifier là un avenir.

On en parle à voix basse de peur de les voir disparaître.

Du reste, ce n'est pas difficile, car mon environnement naturel est fait de sombres ténèbres. Et dans cette obscurité, chaque bruit est étouffé, même ma voix.

Avec toute cette obscurité autour de moi, une seule chose est à sa place : l'attente. Voilà, c'est l'unique chose que je sais faire. Parfois je range un peu. Je ramasse les miettes de  pain sur la table, je soulève la chaise qui est tombée de la table en même temps que les  malédictions que je lance en me mordant les lèvres pour que Dieu n'entende pas. J'attends que Francesca sonne à la porte. Aujourd'hui je suis content parce qu'elle est restée un peu plus longtemps.

Elle m'a caressé la barbe d'un geste familier que je ne pensais pas possible entre nous.

Je ne sais pas si je veux ou pas ses caresses.

Je suis confus mais je la laisse faire. Ses mains avaient le goût de la mer.

L'idée d'une onde lointaine.

Elle parlait et me caressait la barbe.

C'étaient des mains humides d'émotion, je crois.

Mais qu'est ce que je dis, ce n'est pas possible!

Je dois être fou!

Pour l'émotion de quoi?

Je pourrais être son père.

Si Paolo était vivant, je les verrais jouer ensemble et rire sans raison.

Un soleil qui élève ses rayons de la terre vers le ciel.

Sans lui, c'est un beau papillon redevenu chrysalide.

Hum...

Bientôt il trouvera une nouvelle fleur qui le fera voler à nouveau.

J'en suis certain!

# Novembre - Décembre 2005

*(12 Novembre 2005)*

Un fonctionnaire du ministère est venu accompagné d'un lieutenant des carabiniers. Il a une expression agaçante d'une fausse tristesse, et des gestes mesurés dans le périmètre de sa devise griffée.

Ce n'est pas de sa faute, mais j'ai une sensation de rage et de nausée.

Je blâme quiconque n'a pas empêché un fou de tuer mon fils.

Maintenant ils savent qui l'a fait, et me parlent de "mesures préventives" et d'indemnisation. Cela ne m'intéresse pas.

Plutôt, je pose des questions sur la famille du terroriste. Mais ils ne savent pas grand-chose. Après d'autres réconforts inutiles, ils s'en vont et j'ai la fâcheuse sensation qu'ils reviendront. Je ne sais pas pourquoi je suis si sévère avec eux, peut-être parce que je ne veux pas que des étrangers mettent à nu ma douleur.

En attendant ils m'enverront un peu d'argent, une sorte d'acompte.

Je ne voudrais pas accepter, mais je dois payer les créanciers.

Maintenant que je ne travaille plus, j'ai contracté des dettes avec d'honnêtes gens et je les honorerai avec l'argent qui arrivera.

Qu'ils prennent tout. Ils doivent seulement me laisser de quoi payer le café à Francesca. J'ai été époustouflé par cette visite.

Mon fils a été exaucé pour ma nouvelle douleur.

Je prépare un bain chaud.

À vrai dire, je n'en ressens pas le besoin mais je veux diluer ces nouvelles larmes dans l'eau  chaude.

Je regarde le monde depuis la baignoire pleine, et chaque bruit s'estompe. Je suis serein.

Une hypnose subtile, un doux engourdissement, le voile du brouillard, le limbe. Je reste ici, immobile…

# *(1 Décembre 2005)*

Je passe mon temps à attendre que Francesca revienne.

J'entends même maintenant ses mots aigus rebondir sur les objets comme de petites gouttes de pluie.

Je vois chaque rayon de soleil capturé par ses grands yeux noirs.

Le bonheur d'un moment, un petit sourire involontaire dans les fumées de ma tristesse. Puis je souhaite qu'elle ne revienne plus.

Tous ces sourires sont un fardeau insupportable pour moi. Et ça fait cinq mois que mon fils est parti.

Ce matin je me suis réveillé tôt, la nuit pour le monde entier était douce et simple avec ses ténèbres toutes semblables.

Couches de temps sans aucun charme.

Devant le miroir, des petites gouttes tombent de ma barbe mouillée. Je vois le reflet de mon visage et les yeux qui riaient de bon cœur à ses histoires racontées à table.

Puis il m'étreint.

Il le faisait sans embarras même s'il était un homme. Et le salut avant de sortir. Il avait des bras forts et de grandes mains, il me serrait dans ses bras, les posant ouvertes sur mon dos.

Je sentais son étreinte comme une promesse de prendre soin de moi quand je deviendrai vieux.

*(7 Décembre 2005)*

Mon costume bleu électrique s'est élargi d'au moins deux tailles.

Je n'en ai pas d'autre de toute façon. À quoi ça servirait ?

Je ne le mets que pour aller au cimetière. Marcher jusque-là est une entreprise surnaturelle. Je ne supporte pas l'idée que le monde puisse se passer de mon fils pendant tout ce temps! Je nettoie la pierre tombale et essaie de prier, mais ici c'est impossible pour moi. J'entends des voix qui parlent derrière moi; ou en moi.

Elles parlent d'une façon frénétique et désordonnée.

Elles hurlent leur douleur et je les laisse faire.

Je ferme les yeux et je les écoute.

Petit à petit, elles deviennent une voix douce, un chant grégorien d'une autre époque. Puis soudain, une petite main serre la mienne.

Les voix s'estompent et je me sens étourdi.

Francesca est là! Nous ne parlons pas, peut-être nous entendons une voix faible derrière la nouvelle pierre tombale.

Nous jetons les fleurs séchées et, en époussetant la tombe, nous essuyons les gouttes de rosée de la photo et nous nous prenons par la main.

Nous nous retrouvons à la sortie du cimetière. Je ne voudrais pas qu'elle me laisse. Elle me sert fort dans ses bras et met ses joues humides sur mon visage.

Je la laisse faire encore une fois.

Et même si ses mains n'ont pas de promesse à me faire, je n'ai pas été aussi bien depuis longtemps. Son baiser est un don du ciel.

Je reste immobile étouffant de nouvelles larmes alors qu'elle s'éloigne.

*(15 Décembre 2005)*

Le nom de mon fils cité dans une salle d'audience résonne fort comme un coup de fouet sur mon dos nu. Le juge ne me regarde jamais. Je n'aurais pas dû venir.

Qu'est-ce qu'ils pourraient me faire?

Un avocat aux yeux vides défend calmement les raisons de ceux qui considèrent qu'une guerre contre l'Occident est "légitime"

Il voudrait changer l'histoire de ce maudit sept juillet.

Je ne pensais pas que j'étais si capable de haïr.

C'est une rencontre préliminaire et celui qui me représente se tourne vers moi à chaque mot "fort". Mais il ne me plaît pas non plus.

Je m'éloigne de cette scène où mon fils est l'acteur principal sans même qu'il puisse répliquer d'une façon amusante ou pas. Je suis dehors et j'attends sur le banc en bois: «Écoutez l'avocat, je ne veux plus jamais revenir ici. Ne m'obligez pas à être présent . Écoutez votre conscience et après vous me rapporterez ce qu'il en sera. Moi j'ai un fils à pleurer! Je sais l'avoir convaincu, après on verra.

*(17 Décembre 2005)*

Je me suis rasé, comme ça pour faire quelque chose. Sans barbe je donne l'impression d'être un  homme plus heureux, mais ce n'est pas vrai.

Il vaut mieux sortir pour voir le soleil. Je veux l'admirer, je veux le voir se lever et se coucher. «Mon amour, si tu voyais le soleil de décembre! Il est merveilleux, doux et immense et il couvre le monde entier d'un seul rayon. Et le soir il réussit à donner le meilleur de soi. Il déchire les nuages en lambeaux, les fait saigner d'orange, jamais la même couleur, jamais le même tableau, jamais le même rêve».

Je parle toujours à mon fils au coucher du soleil, j'ai le sentiment qu'il est là avec moi à la même  heure.

Et je lui dis que j'ai un projet: je veux mourir pendant qu'il ressuscitera, pour que nous puissions nous retrouver à la porte de la mort. Alors, à l'instant même, avant de tout oublier, je sentirai son  parfum tout en l'embrassant.

Il pourrait me dire un mot, une dernière chose. Une de ces phrases qui ne sont dites que lorsqu'on est sûr qu'on ne se reverra plus jamais.

Et pas: «Salut papa, prépare les tortellini parce que je rentre ce soir.»

C'est une phrase suspendue entre le soir et la nuit, un mot prononcé avec désinvolture en  détournant les yeux.

Une expression perdue dans les bruits de la maison; des mots qui n'ont d'autre valeur que d'en ajouter de nouveaux pour toute la vie. Malédiction!

*(20 Décembre 2005)*

Aujourd'hui Francesca souriait un peu trop en prenant le café. Doit-elle me dire quelque chose? Elle soufflait légèrement par-dessus la tasse en me regardant. Elle a toujours son visage frais et espiègle que Paolo aimait tant.

«Es-tu occupé demain?».

Elle sait très bien que je ne fais plus rien depuis plus de cinq mois.

Je ne devrais pas répondre par une autre question mais je ne peux pas m'en empêcher. «Pourquoi?».

«Je n'accepte pas de non! J'ai pris une demi-journée pour être ensemble. Tu dois venir.» Et son petit index fouettant l'air est une menace mal réussie.

*(21 Décembre 2005)*

Nous sommes déjà dans la voiture. Un léger parfum de pomme verte rend l'environnement exigu plus acceptable.

Je me mets à l'aise, pendant que Francesca allume la radio pour chasser le silence qui lui fait peur. Pourtant aujourd'hui je ne suis pas si triste.

Je pense distraitement aux vies qui passent et à ce soleil suspendu dans l'air pendant que mes mains peignent le vent à l'extérieur de la vitre.

Après avoir roulé un bon moment, je me retrouve sur le parking d'un centre commercial. Je ne savais même pas qu'il existait.

Je me souvenais de l'usine de Savoia-Marchetti avec beaucoup de fenêtres aussi grandes que des portes et un pré sauvage tout autour.

Maintenant à sa place, cet immense bâtiment anonyme est faussement " joyeux ". Devant, un parking assez grand pour tuer toutes les ombres.

Ici tout semble être jeté au loin.

Des festons déchirés fouettent l'air.

Ils me font penser à une récente inauguration.

Francesca me prend par le bras et m'emmène dans un magasin de vêtements. À l'intérieur, la longue file de vêtements suspendus ressemble à une armée avec les bras levés. La femme qui vient à notre rencontre a un sourire captivant sous un épais maquillage. Elle parle de mode mais je ne l'écoute pas.

Francesca sourit légèrement pour créer un lien entre cette insistance injustifiée et mon désintérêt total.

Alors j'enfile un costume.

Elles disent que ça me va bien. Je sens les mains de Francesca caresser le tissu. Elles sont comme de petites hirondelles en vol. Je les sens profondes.

À la fin je décide de l'acheter, c'est l'habit d'une caresse.

Je ne pouvais pas le laisser là.

*(23 Décembre 2005)*

Il pleut sans arrêt.

C'est un hiver qui mélange les cartes comme il retourne les feuilles.

Ciel sombre et intense.

Il m'oppresse même sans le regarder.

Ils me l'ont enlevé.

Je pense que c'est mieux ainsi!

Alors je fais du café à deux heures de l'après-midi puis je le jette à trois heures? Pour répandre une bonne odeur dans la maison, me dis-je. Au fond de moi-même j'espère toujours  la voir arriver.

Je me fiche de mes pensées.

Il y a certainement un meilleur destin pour elle. Un vent glacial souffle fort entre les fissures des  portes. Je me serre dans mes bras croisés secouant les frissons que j'ai sur moi.

*(31 Décembre 2005)*

Voici le dernier jour d'une année maudite. Un jour identique aux autres. Je n'ai pas de nouveau calendrier pour remplacer l'ancien. Une pluie violente lave les rues emportant cette année, saturée de choses pas faites, de choses pas dites.

Je regarde la fenêtre qui pleure mes larmes.

Depuis quelque temps, elles ne sortent plus.

À l'extérieur, l'obscurité avale chaque bruit et le silence de la nuit révèle l'âme précieuse de ceux qui ont encore l'espoir de vivre.

Appuyé contre le montant de la porte et les mains dans les poches , j'attends minuit et les fracas de ceux qui célèbrent la nouvelle année.

Je regarde les fleurs ardentes s'épanouir dans le ciel noir avant d'aller me coucher. Comme toujours les 15 gouttes de Minias remonteront mes couvertures.

Puis minuit arrive sans émotion.

Le ciel s'illumine de feux d'artifices qui durent aussi longtemps qu'un soupir. Je reste immobile  pour donner l'impression de ne pas exister, d'être étranger à la fête.

Une façon idiote de me sentir proche de mon fils. Puis quelque chose me fait sursauter. Je le sens avant même de le voir. J'attends que la nuit s'éclaircisse encore un peu. En arrière-plan, près du portail un paquet de chiffons mouillés.

Je le regarde fixement jusqu'à ce que le feu d'artifice l'illumine.

C'est un corps mince, recroquevillé sur lui-même

pour ne pas perdre de chaleur. Je regarde mieux, je distingue des cheveux blonds.

Les tranquillisants que je prends me conduisent chaque soir dans une sorte de rêverie à yeux ouverts.

Je n'ai pas froid, je ne sens pas l'eau qui me trempe alors que je marche vers le portail sans perdre de vue ce corps.

Je le prends dans mes bras et le serre contre moi. J'espère qu'il va arrêter de trembler. J'entends un craquement d'os fragiles dû au battement accéléré du cœur. Ça me donne de l'anxiété comme des décharges électriques sur ma peau.

Sous la lumière de la maison, je reconnais Francesca dans mes bras. Malgré ma colère, je reste immobile, résigné au non sens des actions, et pour la deuxième fois dans la même année, je sens la force de ma volonté s'évanouir.

Je suis comme un soupir dans un vent fort, une larme dans une journée de pluie, et je maudis la vie ne sachant à qui m'en prendre.

Puis je la serre contre moi, les mains ouvertes sur le dos comme pour lui promettre toute la protection que je peux lui donner. Le geste que j'aurais voulu pour moi.

Elle ne parle pas, elle cache son visage sous mon menton et sanglote sans retenue. Puis elle chuchote: «Je l'ai quitté, il était violent. Je ne sais plus où aller. Je n'ai que toi, ne me renvoie pas.» Dans ma tête des mots sans forme, seulement des petites lumières dans les ténèbres de mon âme, je m'agite. Mieux vaut ne rien dire!

Je l'allonge sur le canapé. Un plaid.

Je vais de l'autre côté lui préparer un bain chaud. Je fixe la vapeur qui efface les objets dans la  pièce.

Le verre opaque reflète une frêle image, presque diaphane. La peau rougie par le froid a le goût  d'un premier fruit.

Je lui fais signe de s'avancer et je m'assois sur le bord de la baignoire.

De près, les taches rouges sur la peau très pâle ressemblent à des roses sous verre. Le corps nu dans l'eau chaude prend finalement des couleurs. Un ange qui se repose suspendu dans un nuage.

Elle a de petits seins, des tétons très pâles. Ses mains bougent sur l'eau, brouillant les contours  de son corps et mon esprit engourdi ne distingue plus la différence entre ce que "je veux" et ce que  "je devrais".

Je vole au-dessus du ciel, au-dessus de tout. Je plonge mes bras dans l'eau jusqu'à toucher un corps chaud.

Sa rose entre mes mains ouvre ses pétales.

Je n'ai plus d'identité...

Je n'ai plus de mémoire!

Je sens ses baisers remonter sur les nerfs de mon cou, j'imagine la vie de mon fils se glisser à  nouveau en moi.

Je ne sens pas les saveurs, je ne vois que des perspectives, comme si c'était un film.  Les yeux de Paolo brillent dans les miens. J'ai ses mains pour l'effleurer comme le vent le fait avec les épis de blé.

Je ne regarde pas Francesca mais je sens sa peau douce comme du sable qui a cessé de trembler... mais pas de frissonner.

Je suis perdu, son corps immature s'accroche au mien; le pyjama en soie se mouille mais la pudeur

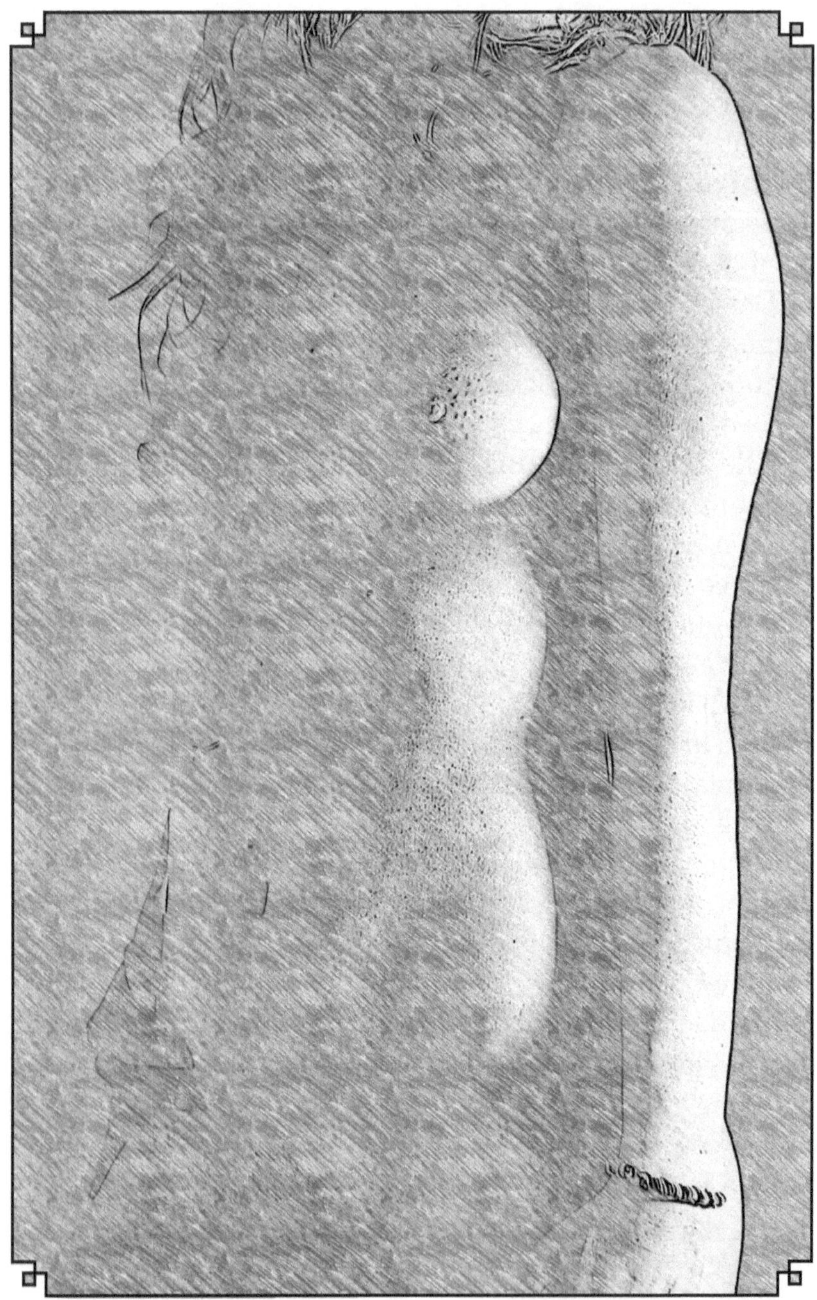

m'empêche de l'enlever.

Elle est même trop déterminée!

J'aimerais la voir confuse.

Je voudrais l'entendre m'appeler «Paolo»…

Je reste comme ça pendant un temps infini, un tour entier du soleil dans l'univers. Le temps parfait pour qu'elle m'appelle par le nom de mon fils.

Voici la magie… maintenant il est vivant.

Je peux me laisser aller.

Lui est à nouveau vivant et moi je n'existe plus.

Je sens l'écho de son cœur me blesser la poitrine et les côtes.

Je l'embrasse doucement et je continue comme ça toute la nuit.

Nous nous endormons enlacés, épuisés par la volonté d'être autre chose, quelqu'un d'autre, baignés d'eau et d'humeurs.

# Janvier 2006

*(1 Janvier 2006)*

En fin de matinée une forte fièvre me réveille.

Je sens mes yeux brûler dans leurs orbites et le froid me fait trembler. Je me retrouve seul et fatigué, mais je suis sûr que je n'ai pas rêvé. Je reste sous les couvertures toute la journée. Les yeux dans l'obscurité brillent de petites flammes de fièvre, je suis bouleversé et le mal de tête me submerge. J'ai la saveur de la nuit sur mes lèvres sèches. Je reste ainsi, immobile et épuisé pendant encore deux jours tandis que la fièvre élevée a un effet étrange sur moi.

J'entends une merveilleuse musique. Une douce mélodie comme la caresse d'une maman. De temps en temps la sonnette sonne avec arrogance. Rien ne m'obligera à me lever pour voir qui est à la porte. Puis plus rien...

Seulement de la musique, de la musique comme sur les ondes de la mer. Comme sur les courbes des dunes.

Ma tête est en feu et ma gorge est sèche mais je ne bouge pas du lit. Mon cou est raide comme un poteau enterré avec force, seulement cette mélodie pour me soulager.

Perdre ma vie de cette façon ne me déplairait pas. Je reste tranquille, j'attends d'étouffer dans mes propres soupirs.

(*4 Janvier 2006*)

42

L'horloge coupe le temps en tranches très fines. Lames de rasoirs.

La nuit se dilate me causant des blessures incurables. Finalement je suis en train de mourir. Je l'ai tant désiré.

La douleur de ces jours-ci, bien qu'énervante, est une nouvelle sensation.

La fièvre... le vent chaud du Scheol.

J'attendrai la nuit.

Mourir dans le silence de la nuit est moins cruel.

*(11 Janvier 2006)*

J'ai espéré pendant une semaine entière mais à la fin c'est mon corps qui a gagné.

J'ai faim.

Je ne pense pas mourir cette fois-ci.

Les muscles ne me font plus mal.

Je me sens reposé et fort. Même la musique m'a quitté, je ressens à nouveau le silence triste et froid qu'il y avait avant.

Après tout ce temps, j'allume la chaîne stéréo et je mets un disque de Engelbert Humperdinck. Le téléphone sonne avec insistance, je décide de répondre mais de l'autre côté j'entends parler anglais. Je ne sais pas ce qu'elle dit, je comprends peu l'anglais et je le parle encore moins, mais quand elle a fini de me poser ce qui semble être une question, je réponds instinctivement «Yes». Encore le silence, puis j'entends Lucia.

Elle ne parle pas, elle crie mon nom et sanglote. Cela fait cinq ans que je n'ai pas de ses nouvelles. Et j'ai le cœur qui saigne dans ma poitrine, la douleur est un afflux de sang qui sort. Je ne sais pas quoi dire.

Elle le sait, j'en suis certain.

Notre fils n'est plus là.

Je n'ai pas su le protéger et je me sens coupable même devant elle. «Où es-tu...» J'essaye de la faire parler.

«En Australie. Je ne pouvais pas t'appeler avant, j'étais au milieu de nul part. Attends-moi je veux chercher un vol pour rentrer à la maison.»

Maison? Quelle maison!

Elle n'en a jamais connu, même pas une, mais je n'ai

pas de rancune. Je sais que sa douleur est encore plus forte que la mienne.

«Mais quelle est ton intention?» Elle me crie dessus.

«Mais à quel propos....?» Je réponds surpris.

«Des assassins de notre fils, nous devons décider comment y faire face. Mais comment vas-tu?» Je voudrais lui dire que je suis déjà mort, mais ça n'a aucun sens. Je ne sais pas quoi dire d'autre. «Que veux-tu que je te dise, Paolo n'est plus là. Je n'arrive pas à me libérer du poids de son absence.»

Je repense à ses phrases. Je n'ai pas encore réalisé ce qu'elle a dit.

Mais que veux-tu que je fasse!

Cet appel téléphonique m'a bouleversé, il m'a donné une étrange envie.

Qu'est ce que je pourrais faire pour venger mon fils.

«J'attends, puis nous déciderons... prend soin de toi.»

«Je te dirai quand j'arrive mais sûrement pas avant trois semaines. À bientôt» Son esprit fort et libre, son détachement de tout, me font mal.

La douleur est de nouveau vivante, je dois faire quelque chose. Je sors dehors. Mes roses rouges ont besoin de soins. Je prends des gants et commence à tailler.

Les épines s'accrochent au tricot, je me retourne pour voir qui me tire. Comme c'est étrange, on dirait presque qu'elles veulent consoler mes larmes.

Pendant que je taille, je repense au moment où j'ai connu Lucia.

Je ressens la même émotion, le sang bat fort sur mes tempes. Saupoudrer de sève fraîche le souvenir; une pensée vive.

Assez pour la voir se matérialiser.

Je hausse les épaules en essayant de dissiper la mauvaise humeur. La mélancolie est un verre coloré qui filtre la lumière.

Larmes solitaires qui ont un goût rassis et tu te dis heureux de les avoir perdues. Tout va trop vite pour mes sens.

Alors, pour retracer le parcours, je prends mon histoire entre deux doigts et la goûte en la frottant doucement comme on fait avec de la bonne huile.

... Je me retrouve plus jeune de vingt-deux ans.

Un matin de mars, enfermé dans mon épais manteau, je jetais un coup d'œil par la fenêtre en attendant que l'orge chaude bouillonne.

«Convient-il de quitter la maison par un temps pareil?».

Je me le demandais.

Mais la vraie question était «Est-ce que je veux vraiment que ça arrive?».

Je lui avais donné rendez-vous devant le bar Zoppi le long de la rue de l'église. Les feuilles tourbillonnaient dans l'air, déroutant les perspectives et les idées. À la même vitesse du vent, mes pensées mélangeaient peurs et bonnes intentions, mais à ce stade cela en valait peut-être la peine...

J'avais rencontré Lucia à un cours d'échecs. Les enseignants invitent les abonnés à se confronter également par correspondance.

Je ne l'avais pas encore rencontrée. Elle avait adopté un surnom presque hermaphrodite et tout de suite, j'ai eu l'impression que c'était un homme au caractère décidé. Elle ne me corrigeait pas quand je lui parlais au masculin.

Peut-être qu'elle voulait me le laisser croire.

Puis elle s'était trahie et je l'avais remarqué aussitôt. D'un ton naturel, elle avait commencé à parler comme une femme et non plus comme un homme.

Je lui faisais la cour discrètement et elle semblait l'accepter, ajoutant beaucoup de petits visages colorés en réponse à mes compliments.

Entre nous les parties d'échec étaient très combattues, moi pragmatique et elle imprévisible. Elle utilisait le " cheval " avec beaucoup d'ingéniosité.

À chaque partie je la comprenais mieux. Elle ne supportait pas d'être sous pression, et pour s'en sortir, elle était prête à perdre des pièces d'échecs importantes.

Puis un jour sans préparation particulière, j'ai lancé une phrase «j'ai envie de t'embrasser!» Une île de mots dans une mer de silence.

«Mais bon sang! Pourquoi je lui ai dit...».

Cette phrase ne venait de nul part, ce n'était pas un élan du cœur, ni la langue brûlée de la passion. Et alors?

Peut-être un sondeur sur la peau de Lucia.

Je vais peut-être connaître la résistance de ses non! Elle attendait toujours un peu avant de me répondre.

Je l'imaginais en train de savourer les mots les tenant suspendus sous son palais, comme on le fait avec un bon "rouge".

Elle était une femme pas une jeune fille, elle n'aurait pas fait de gestes irréfléchis. Elle n'aurait pas été émue par une phrase si banale, et moi je savais que je n'étais pas très original. Mais maintenant j'avais un avantage, j'attendais une réponse. «Oui ou Non», un son fermé entre les dents, un coup de vent plus résolu que les autres.

«...Tu es trop ardent. De la façon dont tu joues aux échecs, je ne l'aurais pas cru. Si tu étais ici, tu verrais mon embarras.»

Tout est pris pour acquis quand on fait la cour! Personne ne s'en est jamais plaint. Maintenant j'en suis certain!

Je lui plaisais et j'étais prêt à amener Lucia dans une phase de jeu plus intime. «Où voudrais-tu que je te donne le premier baiser?».

J'ai lancé à nouveau une phrase.

«Tu le verras quand tu voudras me rencontrer. J'ai plus de feu que ma flamme ne me le dit...mon cher.»

La voici finalement découverte.

Maintenant les mots perdent d'épaisseur et de couleur.En chercher à nouveau pourrait gâcher l'attente.

Le magicien révèle son secret et la scène a perdu sa magie. Je ne sais pas quoi dire. Les mots qui frémissaient entre les doigts et sur le stylo, cachés entre les touches de la machine à écrire n'ont plus d'importance.

Je cherche un lieu adapté pour un rendez-vous, j'aimerais qu'elle se sente à l'aise. Le long de l'avenue bordée d'arbres il y a un bar plein de miroirs et de couleurs chaudes. «Je t'attends mercredi 9 mars au bar Zoppi. J'y serai à neuf heures. J'espère te voir arriver». Pour essayer d'affaiblir l'émotion, je lui avais donné rendez-vous dix jours plus tard. Ce 9 mars 1983 était "bouffi" de vent comme l'avait été la nuit.

Tout cet air semblait effeuiller des paysages transparents sous le ciel pâle, indécis, s'il fallait s'éclaircir ou s'assombrir.

Puis enfin elle arrive.

Enveloppée dans un duvet d'oie court comme un boléro et serré à la taille. Elle a des cheveux longs ondulés. Elle les libère avec un geste intentionnel.

Ce ne sera pas pratique de les garder ainsi par un temps venteux. Les yeux foncés ont le goût des après-midi d'octobre, la couleur du sable à l'ombre des dunes... Eux seuls  sourient, devançant ses lèvres.

Les petites lunettes de repos éloignent les pensées des gens indiscrets. Mais le vrai chef-d'œuvre est la bouche! Bien proportionnée, avec des sommets ronds et une couleur vermillon qui s'éclaircit  quand elle se mord les lèvres; j'imagine ces lèvres aussi douces que la soie. Un salut amical et la table du bar est juste à la bonne distance pour deux personnes qui se rencontrent pour la première fois.

Les grands vitrages reflètent des branches d'arbres secouées par le vent, un film muet du  cinéma.

Je regarde dehors pour gagner du temps. Dès que le thé vert arrive, elle saisit la tasse à  deux mains et souffle dessus.

Elle est incroyablement belle derrière le voile de vapeur et je m'efforce de trouver les bons mots  pour la charmer.

Mais ses yeux vivants sont comme des ficelles tendues sur ma course. Je ne pensais pas être aussi gêné. La conversation ne va pas au-delà du temps maussade et du travail. Je jette un coup d'œil  sur les gros titres des journaux posés sur la table à côté de nous... «Reagan annonce le bouclier  spatial», je lis distraitement. Puis finalement Lucia me regarde droit dans les yeux : «Tu es très  mignon, j'ai de la chance».

«Mince alors! Tu le penses vraiment?! Jamais autant que toi...», je réponds à voix basse alors que je m'approche pour l'embrasser.

Maintenant nos yeux se cherchent avec une nouvelle lumière, lumière de colère, à cause des mots  gaspillés au bar pour couvrir l'espace et le temps.

Il est tard: «Taxi... taxi...», elle s'est déjà enfuie. Peut-être qu'elle n'a jamais été ici! Le soir est venu avec ses ombres et une nouvelle mélancolie agaçante.

J'enfonce mon regard dans le vide en soupirant bruyamment. La télévision parle toute seule. Je  regarde distraitement les informations, Borg a décidé de se retirer et je l'envie, tellement satisfait, tellement élégant, tandis que moi je m'achemine vers la maison comme une âme en peine. J'ai  toujours été convaincu que je n'aurais jamais dit «Je t'aime» à une femme.

Peut-être à un fils, mais jamais à une femme.

Tandis que maintenant, victime de vertige, j'ai beaucoup de petits «Je t'aime» à chuchoter tout  doucement. Je dois me débarrasser de ce fardeau.

C'en est assez des mots pesés à cause des "bonnes manières"!

Je l'appelle et je l'invite chez moi pour le lendemain soir. Je logerai sa peau qui a un goût de  châtaigne.

Dès qu'elle entre, elle enlève son manteau, une rose qui enlève un pétale. Je suis aussi tendu qu'un  funambule sur un fil.

Ses mains indiquent des objets qu'elle aime tandis

que ses yeux brillent.

Je sens la pièce pleine de lumière et de papillons.

Je l'adore.

La désirer maladivement est un sacrilège que je commets avec une grande arrogance embarrassante.

Les humeurs se mêlent sur le bout des lèvres, ses bras sur mon cou et les miens sur ses hanches. Puis je ne me souviens plus de rien. Juste son sein rond posé sur ma poitrine nue. J'étais au paradis.

Je l'avais cherché dans d'autres bouches, chez d'autres femmes, et maintenant rassasié de soupirs inconnus, je l'avais trouvé dans ce corps de velours serré contre moi. Il n'avait aucun défaut. Parfait le parfum, parfaite la bouche, parfait le corps, parfait le moment...

Depuis ce jour , toute une année de moments heureux. Je lui ai immédiatement donné les clés de la maison.

Elle ne pouvait pas toujours me rejoindre, mais la journée devenait très douce à l'idée que le soir je l'aurais retrouvée à la maison.

Parfois elle était nue et effrontée.

J'ouvrais la porte et elle était là derrière, prête à faire l'amour.

À d'autres moments, elle préparait le dîner, alors je sentais le parfum déjà dans les escaliers. Elle aimait m'étonner, elle était imprévisible. Je l'accepterais comme la couleur qui me manquait. «Nous sommes un beau couple»..., je lui disais.

... Puis, un soir d'une journée sans histoire, je suis rentré tard à la maison.

Je l'ai trouvé dans l'obscurité du salon.

J'ai reconnu les contours des objets en m'approchant d'elle sur le canapé et la lumière éteinte, guidé par ses sanglots étranglés.

J'ai imaginé sa mauvaise humeur, une de ces jérémiades que parfois elle déversait sur moi pour m'éloigner d'elle.

Grâce aux caresses je réussissais à effacer sa moue. Mais pas cette fois-ci. Le problème est dans le ventre, une nouvelle vie qui certifiera à quel point nous nous aimions.

C'est ce que je pensais.

Moi... pas elle.

Elle attendait d'être contactée par ses collègues anthropologues pour aller travailler en Papouasie  Nouvelle Guinée et, avec un enfant à élever, ils ne l'accepteraient plus.

Dans le noir, j'ai cherché des points de repères, j'en avais besoin pour réfléchir avant de parler. Je l'ai vue sous un jour différent. Je ne la reconnaissais plus, mais je l'aimais. «Il n'y aura aucun problème, je vais le garder. Je vais le faire grandir comme le fait une maman.» Je le désirais beaucoup. C'est ainsi qu'elle a pu vivre sa vie sur tous les continents. Elle nous a contactés plusieurs fois.

Très souvent elle a envoyé des lettres et des cadeaux, une façon classique pour calmer sa  conscience. Nous lui avons pardonné.

Après un certain temps, ma vie avec Paolo était définitive et notre relation importante au point de négliger la possibilité d'une vie différente. Amen!

... Mais le destin a mélangé les cartes.

Pendant que je prends ma douche pour laver la sueur de ma fièvre, je me demande quoi faire de ma vie brisée.

Confus par les baisers d'une fille que je n'aime pas et qui ne me rendra pas mon fils, et les paroles de la seule femme que j'aie aimée.

Immobile, dans l'eau tiède j'attends l'inspiration, un mouvement qui monte de mon estomac, comme une ré-gurgitation, un frisson. Quelque chose qui me donne la force de vivre ou de mourir.

*(11 Janvier 2006)*

Après trois semaines, je revois Francesca qui attend que j'ouvre la porte.

Je la regarde déformée par la lentille du judas. Sa hâte me rend nerveux.

L'ennui que ça me donne est la preuve de ma stupide faiblesse. Je dis ça maintenant que j'ai des crampes à l'estomac à cause du remords de lui avoir fait l'amour.

Ce n'est plus la même chose. Et elle aussi le sait bien.

Nous avons été victimes d'une suggestion, d'un rituel dont nous avons imaginé qu'il pouvait nous rendre Paolo. Et c'est moi le plus fautif des deux. Avoir souillé un beau visage qui me souriait derrière la fumée du café.

Pourquoi est-elle revenue?

J'étais sûr que partir très vite sans un au revoir signifiait ne jamais plus revenir. J'attends encore un peu.

Son ton insistant la rend moins attrayante.

Nous restons à nous regarder sur la porte avec des pensées qui se pressent à cause de la hâte de sortir. Le silence né ici est dur comme une gifle donnée avec colère.

Je la laisse entrer; à l'intérieur son regard s'adoucit: «Tu peux me faire un café?» Et elle enlève son manteau.

On dirait qu'elle pense que rien ne s'est passé entre nous?

Je suppose qu'elle joue un rôle pour gagner du temps. Je la laisse faire. Je prépare le café et je vais me changer.

Je la vois le verser dans les tasses.

Elle essaye de bavarder.

«Tu te souviens de Maria, ta voisine dont le mari travaillait au bureau avec moi...» Je l'interromps.

Je regarde par la fenêtre. «Tu le sais toi aussi que cela ne se reproduira plus jamais n'est-ce pas? Cela a été de la folie, Paolo ne reviendra pas».

Sa réponse me confond.

«Tu ne peux pas me laisser tomber comme ça, j'ai perdu ton fils et maintenant je te perds aussi!» Je la regarde sous une nouvelle lumière.

C'est une femme qui parle, pensant qu'elle a des raisons à faire valoir.

Mais ce n'est qu'une pensée à peine effleurée.

«Tu as perdu seulement mon fils, moi je ne t'ai jamais appartenu. Nous avons vécu une alchimie, une nuit pour faire revivre Paolo. Si ça arrivait de nouveau, ce serait autre chose.» Je dis cela avec une rage étouffée, mais je n'ai aucune difficulté à prononcer ces derniers mots et  nous parvenons enfin à pleurer ensemble.

Mon café froid est un petit lac dans la nuit. J'y plonge mon regard avec l'espoir de trouver de  nouveaux mots pour la convaincre de partir, mais elle reste là devant moi et pleure. Je prends son manteau et le pose sur ses épaules, tandis que le café que je renverse dans le pot des géraniums est la bonne métaphore de notre amour qui ne sera jamais possible.

Je la vois partir.

Je sais qu'elle va devoir lécher ses blessures avant de céder à la force d'une nouvelle tendresse, mais ce sera ainsi, inévitablement...

# Mars 2006

*(16 Mars 2006)*

Deux mois de plus se sont écoulés. Un temps langoureux et lourd comme du plomb fondu. La compagnie de ma télévision cassée, et des ombres étalées sur les choses, me gâchent le moral. Les gestes lents, les muscles ralentis par les médicaments dilatent le temps en longues secondes année-lumière. Je n'en peux plus! Je n'ai pas peur de prendre conscience de la mort de mon fils. J'en avais tellement peur que je m'en suis fait une raison. C'est une tumeur qui assèche les  organes à l'intérieur.J'ai plutôt l'angoisse de voir Lucia. Je ne pensais pas être aussi lâche! Sa douleur si digne, contenue par les mains sur les hanches, les lèvres mordues pour ne pas  pleurer. Je ne pouvais pas le supporter.

J'ai peur de ses paroles péremptoires.

Les demandes sur mon inaction sont négligées.

Depuis un moment j'en rêve la nuit.

Elle a une énorme bouche qui me demande de venger notre fils.

Un cauchemar qui secoue ma peau comme une massue sur le fer. Je n'ai aucune idée par où  commencer, ni chez qui aller.

Après la mort de ce jeune homme pris pour un terroriste, j'ai même éteint la radio, horrifié par le nombre de jeunes entraînés par la violence.

Je désire la fin du monde.

*(20 Mars 2006)*

Je ne dois plus attendre.

Je trouverai le courage de partir!

Ce sera une solution à ma vie inutile, un sacrifice extrême qui la rendra moins vide maintenant que  tu n'es plus là.

Tout d'abord j'ai besoin de lucidité.

Je jette les médicaments en les dissolvant dans l'eau.

Je les regarde devenir une pulpe colorée et me prépare à combattre la douleur sans aucune aide. Je résiste mais je risque de me noyer dans les sanglots et les larmes.

J'ai mal à la mâchoire à force de serrer tant d'angoisse.

# Avril 2006

rchi Gates ↑

*(3 Avril 2006)*

Je me prépare à partir! J'ai appris que Lucia est revenue depuis quelques jours. Elle connaît mon embarras et, avant de me faire face, elle attend un geste lucide de ma part. Je lui en suis reconnaissant!

Mon cœur éclate dans ma gorge.

Il bat si fort que je pense que l'employé du guichet de la gare l'entend! J'en suis certain. Je n'ai pas pris le train depuis des années et le panorama qui court au-delà de la vitre me fait mal aux yeux.

Même sortir de la maison a été difficile.

Le ciel clair me serait tombé sur la tête d'un moment à l'autre... un poids absurde. En réalité j'ai fui!

Comme une souris dont le repaire a été découvert. J'en ai honte.

L'obscurité et l'apitoiement me tenaient en sécurité. Je dois en prendre note. La peur que Lucia puisse me mettre devant ses raisons et que je me serais opposé à ma négligence m'a fait fuir.

Voilà pourquoi je suis dans ce train pour Rome. Pour quoi faire, je le comprendrai en cours de  route. Rome est un ferment d'âmes perdues comme moi.

Les gens marchent d'un pas rapide à la poursuite de leurs pensées.

Je me sens à l'aise, ici ou dans l'obscurité de la maison, je ne vois aucune différence.

La gare est une serre chaude qui me protège du soleil et du vent printanier.

Mais je ne peux pas rester longtemps. Ici je ne trouve pas de réponses à mes questions. «Taxi... taxi... libre?... Emmenez- moi à la Farnesina.»

Mes coordonnées personnelles et le gardien à l'entrée me conduisent chez le fonctionnaire qui est venu chez moi.

Maintenant il a une expression différente. Il semble comprendre mon hésitation, il m'attrape par un bras et me montre une chaise. Il n'avait pas besoin de dire des idioties. Les condoléances officielles avaient été exprimées à l'époque. Je recherche des informations confidentielles, et lui, les ayant sur l'estomac, il va les vomir d'ici peu. Ses yeux ternis par la fumée sont fixés sur les miens, ils sont sur le point d'éclater, son haleine de tabac qui arrive fort me dérange, mais ce qu'il dit, je le laisse le chuchoter.

Quand on se quitte, il est tard dans la nuit.

Maintenant j'ai les noms et les adresses, à quoi ça sert, je n'en sais rien.

J'ai confiance en mon nouvel instinct, tôt ou tard j'aurai un plan.

Je quitte son bureau avec une feuille de papier à la main pour sauver les apparences, informations copiées sur "Le Messaggero" pour remplir le blanc du papier, justifier la signature sur le registre des visiteurs.

La feuille de papier écrite à la main a plutôt des lettres vivantes qui bougent d'elles-mêmes. Je lis des noms arabes et des adresses en anglais.

Je vois leurs vies et je suis horrifié par mes propres pensées;

J'imagine des visages souriants, satisfaits des vies emportées.

Je dois sortir du lit, mon cœur à lui seul, a fait fondre les brides.

Je suis en train de d'étouffer dans une chambre d'hôtel anonyme.

Je prends une douche puis je vais essayer de dormir.

J'entends chaque heure frapper avec une massue sur

la tombe de Paolo, je vois ses os rebondir sous les coups.
Mon sommeil est agité.
Un tremblement de terre pour l'âme.
Je sais déjà que je survivrai…
Je sais aussi ce que je vais faire demain.

*(5 Avril 2006)*

C'est tôt le matin. Je lis dans le journal l'annonce de la mort de Gene Pitney. Je ne me soucie plus de la mort des autres, pas même des chanteurs que j'aimais tant dans ma jeunesse... Ce matin de printemps ne sent rien, et moi je respire avec force cet air insipide. J'essaye de lever la tête, mais le ciel a encore trop de lumière pour mes yeux.

C'est mieux comme ça. Je garderai les yeux baissés.

Aujourd'hui je me sens un homme différent.

Je ne sais pas si je trouverai mes ennemis souriants ou satisfaits, cela ne m'intéresse pas. Je vais faire en sorte qu'ils ne le soient pas. «Fiumicino, nous sommes arrivés» me dit le chauffeur de taxi. Mais le dernier vol pour Londres est parti. Je vais devoir attendre, mais je rentre en ville. Je passe la soirée dans la douceur de la pénombre, de temps en temps une voix appelle les passagers à la sortie. Je réussis à m'endormir. Je rêve.

Je vois un ciel qui ne me fait pas de mal, je suis heureux sans une vraie raison. J'ai décollé mes pieds du sol et je plane sur la ville et les champs. Je suis sur le chemin du soleil mais je ne vais pas à Londres, je crois que c'est la route pour rejoindre mon fils. Voilà pourquoi je suis heureux. J'aimerais continuer à dormir même si ce matin mon vol vient d'être annoncé. Je n'ai jamais volé. J'y pense seulement maintenant.

Je monte les escaliers de l'avion avec agilité, pour déguiser une sacrée peur! Alors que c'est plutôt excitant.

D'ici le ciel me fait moins peur, je me sens plus proche de Dieu qui préserve la vie de mon fils. Mais c'est une pensée que je rejette immédiatement.

Je vais détruire, je ne voudrais pas sentir les yeux de Dieu sur moi; je suis un chien enragé vêtu d'un habit sombre. Je n'ai aucune idée. Je veux juste un maillon de plus dans la chaîne de la haine. Voici enfin Londres.

Ici l'atmosphère est surréaliste.

Une ouate de brouillard retient l'éclat du soleil du matin, je sens l'odeur de choses brûlées... je sens les bombes prêtes à éclater de nouveau.

*(7 Avril 2006)*

Après trois jours, je ne sais toujours pas quoi faire. Je suis allé à la Subway de Edgware Road. Ici mon fils est mort.

J'ai entendu l'explosion, les cris, les soupirs et je n'ai pas pu résister.

Je me suis enfui très loin.

J'ai couru aussi longtemps que mes muscles me l'ont permis

Je n'ai pas autant de force. Je reprends la marche en suivant les traces de l'odeur âcre des épices. Le quartier indien est un pays triste englouti dans une grande ville.

Les maisons sont des coins de briques grises. À l'intérieur, des regards hostiles tissent une toile voulue. Personne ne vient ici volontiers et moi-même j'y reste le temps nécessaire. Je cherche un revolver, petit et pratique.

Il m'a suffit de le demander au jeune homme qui me suivait des yeux de l'autre côté de la rue. «Reviens ici dans trois jours», après un ok, nous n'avons plus rien à nous dire.

*(10 Avril 2006)*

Je me sens seul! La mer me manque!

Je ne l'ai pas toujours vue, mais j'en avais la perception; une façon de s'évader. La direction pour les voiles de l'âme qui se gonflent de bon vent. Ma mer "vert émeraude" avait  un goût de nostalgie pour les choses racontées de père en fils.

Ce n'était pas la plus belle mer du monde. En effet la plage de galets était si inconfortable qu'elle éloignait la foule, rendant la mer encore plus mienne et de Paolo. Avec lui, déjà au printemps  on y passait des après-midi entiers. C'étaient les meilleurs.

Nous avons déchiré ces heures de la journée, nous l'avons fait avec force, maintenant je comprends pourquoi.

Ils sont l'onction à étaler sur la peau, ils calment les frissons pendant que je pose des questions  dangereuses pour ma sécurité.

Mais c'est une peur exagérée, à la fin c'est même trop facile.

Personne ne se soucie de moi. Fais voir l'argent et demande ce que tu veux. Trois jours plus tard, j'ai eu un pistolet Beretta «Tomcat 3032" dans la poche. Il est d'un gris brillant.

En me le tendant, le rat d'égout qui me l'a trouvé, s'est vanté de l'avoir arraché à un chef de gang. Il l'a dit en soulignant le nom, d'une manière ostentatoire. Moi j'ai fait semblant d'être étonné et  de savoir qui c'était.

Mais en réalité je me sens pris de force par cette situation et aller jusqu'au fond sera pour moi une entreprise titanique.

# Mai 2006

WARNING READ MANUAL BEFORE USE. RETRACT
SLIDE TO SEE IF LOADED FIRES WITHOUT MAGAZINE

*(4 Mai 2006)*

… J'aimerais être enterré à l'ombre de ma maison dépouillée.

Rester éternellement, immobile, suspendu et assommé par les coups du temps qui passe. Mais, à la place, je suis ici pour prouver mon courage.

Ou plutôt, ma conscience, errant par les quartiers de Londres avec l'arme mal cachée dans ma  poche. Mais c'est un appendice étrange!

Elle vit de sa propre volonté, j'entends son grognement à chaque passant suspect, un animal  sauvage qui a trop envie de mordre.

Ça me coupe le souffle.

Je suis épuisé par la rage qui me secoue par les pieds, mais sans savoir quoi en faire.

*(10 Mai 2006)*

«Je dois travailler pour rester quelques mois à Londres, pouvez-vous m'aider ?» Ayant appris la phrase, je commence à passer devant chaque petit magasin de Allington Road où j'ai loué une chambre.

Il me semblait naturel de commencer par des magasins où sur l'enseigne il y a écrit : "Vraie Pizza". Les visages orientaux que j'y croise sentent la tricherie.

À la troisième tentative, je trouve du travail, maintenant au moins ils ont un Italien avec eux. L'après-midi j'ai déjà une casquette avec l'inscription "La vraie Pizza" et une veste or et rouge. Je suis prêt pour aller livrer. Je n'imaginais pas être livreur à cinquante ans mais ils ne veulent pas que je reste dans la boutique… et je les comprends. Je serais la seule vraie pièce dans un jeu de  fausses cartes. Le propriétaire est chinois, même pas trop oriental. Il parle parfaitement l'anglais et a heureusement l'indolence et la sympathie d'un bon napolitain. C'est très bien comme ça.

*(15 Mai 2006)*

Je me déplace en suivant le plan de Londres. Les rues inconnues de la ville me gardent concentré  sur les livraisons. Je ne suis pas contrarié de mettre cette veste ridicule qui me  déguise en un singe dressé.

Cela en dit long sur le peu d'intérêt que j'ai pour la vie.

Le matin, je passe par l'entrée du métro Edgware Road, le panneau qui l'indique est encore noir de fumée, un panneau blessé. Les escaliers descendent vers le noir.

Bouche grande ouverte qui hurle au ciel la douleur de ces morts.

Ma douleur!

Un cri sans voix, étranglé à la première note, comme cela arrive à ceux qui ne trouvent pas de  solution à leur rage.

A cet endroit, mon fils a été emporté mourant. Je n'ai aucune raison de me pardonner. Je crache par terre, la saveur amère du dégoût.

↑ Platforms 2, 3
4

Juin 2006

*(3 Juin 2006)*

Maintenant je me déplace plus facilement!

La veste de pitre me rend étrange mais pas dangereux , personne ne se soucie de moi à moins qu'ils ne commandent une pizza.

«Vous ne payez la pizza que si elle est livrée dans un délai d'une demi-heure».

Ça c'est la publicité de l'entreprise; ma garantie si je veux être payé. Et je suis le meilleur.

Je n'ai rien d'autre à faire, je peux rester après mes heures normales et j'arrive à dépasser mes  trois quartiers de la "City".

Mais je ne travaille pas le soir. Je ressens ma cinquantaine surtout quand l'obscurité tombe. La vue n'est plus bonne. La nuit, tout est opaque, les rues sur la carte routière, les indications sur les signaux.

Mais c'est une excuse.

Le soir, Londres se calme et je bouge mieux dans le noir.

J'essaye de comprendre, je pose des questions, je suis les gens.

Les journaux parlent encore des enquêtes sur les terroristes.

Je découpe les nouvelles.

Les bureaux du ministère m'avaient dit de rester en contact, mais je ne le ferai pas. Je ne veux  personne sur mon trajet.

*(6 Juin 2006)*

Il y a un soleil fané sur la campagne anglaise. De petites gouttes de pluie tracent des itinéraires inconnus sur la vitre du bus.

Le vert terne des champs semble électrocuté par la tristesse de Dieu. Mais je m'en fiche. Je vais dans un endroit précis. Depuis un moment, on fait des recherches dans le quartier nord de Dewsbury. C'est le quartier où vivait Mohammed Sadique Khan, le terroriste qui a tué mon fils et avant ça… père et professeur spécialisé…

Mince alors, quel vertige la vie!!!

Un tourbillon qui perturbe la lucidité et la folie, camouflant la ligne droite vers les précipices. Je descends du bus d'un pas ferme, je veux anticiper mes pensées.

Je ne dois pas leur donner le temps de me retenir. Devant moi un quartier résidentiel genre carte postale. Je suis surpris. L'herbe tondue est parfaite. Les jardins bordés de pierres blanches sont placés à la vue de tous pour indiquer le chemin vers l'entrée.

Des grappes de maisons couleur crème, toutes de même forme et dimension. Partout où on regarde, la vue est la même.

Les portes d'entrées blanches ont des hublots en verre dépoli. Je peux imaginer la vie à l'intérieur des maisons même sans la voir.

Une lumière jaune, chaude, dans le noir à peine accentué en fin d'après-midi, perce les vitres de la fenêtre. Des personnes occupées traversent les pièces, je les perçois à la lumière qui disparaît comme si la porte d'entrée fermait très rapidement son unique œil.

Quel calme étrange.

L'air est délicatement coloré de rouge, peut-être qu'un rayon de soleil a fondu en mourant; le dernier qui s'attarde sur terre.

Personne ne marche dans cette atmosphère surréaliste.

Maintenant, la pelouse ombragée de brun et les maisons ocres ressemblent à un décor de cinéma désaffecté.

Je n'ai aucune envie d'aller ni d'un côté ni de l'autre.

Je me sens comme une image fixe dans un tableau, une virgule sur le pinceau coincé dans un cadre lisse.

Puis une voiture arrive.

Elle marche lentement en faisant très peu de bruit. C'est une vieille Mercedes, de celles dont le radiateur chromé est bien visible.

De la route principale, elle se dirige vers une allée de porphyre qui va au garage. Les numéros en bronze sur la porte d'entrée et ceux du garage correspondent. Je n'ai plus aucun doute sur qui ils sont.

Les quatre personnes à bord ne sont pas pressées de descendre. L'obscurité m'empêche de voir, mais plus d'une fois j'ai l'impression qu'ils se retournent vers moi. Puis ils descendent. D'un pas rapide, ils rentrent chez eux sans me regarder.

Un geste délibéré, s'abstenant ainsi de céder à la curiosité normale. Certainement un accord pris dans la voiture. À la porte d'entrée, le plus âgé laisse passer les autres, puis il me fixe avec insistance. Là, sous la lumière je remarque ses origines du Moyen-Orient et la neige blanche à peine teintée qui colore ses cheveux noirs et crépus.

Un instant de plus et la porte d'entrée se referme, la

blessure de la lumière guérit et la douce  obscurité du soir est de nouveau parfaite.

Je dois être fou!

Dans quinze minutes, le bus pour Londres partira, tandis que je marche vers cette porte.

Je ne peux pas croire à ce que je veux faire!

Le doigt ferme pointe la sonnette.

Je ne dirai rien, je veux juste qu'ils me voient, je veux juste qu'ils sachent.

La porte s'ouvre lentement, ils savent déjà que c'est moi. J'ai devant moi le plus âgé vu quelques minutes plus tôt. Il a un visage rond et brun. De si près, je vois dans ses yeux sa sérénité perdue. Il ne me parle pas et moi, désarmé de toute intention, je garde mes bras le long du corps et le fixe. «Regarde-moi bien. J'ai perdu mon fils à cause de vous, maintenant vous avez un ennemi en chair  et en os à combattre, pas seulement une idée».

Je le pense, mais je ne le dis pas.

Je ne veux pas le dire à cet homme que je sens si proche de moi, comme si son destin était déjà  accompli comme le mien du reste.

Puis, des petits pas rapides et voici un petit garçon mal habillé, très beau dans son regard  innocent.

Il s'accroche à la jambe de l'homme qui d'une main tient sa tête comme pour le protéger. Mon visage ne peut s'empêcher de se blesser dans un sourire... Le premier depuis longtemps. Je ne remarque pas le jeune homme qui entre-temps vient à la porte et regarde ma veste ridicule  sous mon imperméable.

«Ce n'est pas nous qui avons commandé, sonnez chez notre voisin. Lui, il achète vos pizzas.» Il déplace doucement la main de l'homme et me ferme la porte au nez mais sans hâte. Je ne sais pas combien de temps je reste immobile. Puis je me retourne et marche dans l'obscurité totale jusqu'à la station des bus.

La salle d'attente est vide et terne. J'entends des échos étranges ici. Loin dans les champs, les grenouilles croassent à la lune sans jamais s'arrêter.

Bruit métallique. Des pas se dirigent vers moi.

La peur me bloque l'estomac.

Heureusement j'aperçois l'inscription lumineuse "London City" du bus qui arrive. Il s'arrête avec une bouffée d'air des freins.

Je monte aussi vite que possible tandis que deux ombres glissent dans le noir. Le voyage est long, toute une nuit, et je parcours mon expérience à la recherche d'un plan certain pour ma vengeance.


Leicester...

Voici les premières maisons de Londres. La ville vient juste de se réveiller.

J'ai à peine le temps de changer mes vêtements humides et de poser mon pistolet. Je me regarde dans le miroir à la recherche d'une alchimie qui me rende plus lucide et décidé.

82

# Juillet 2006

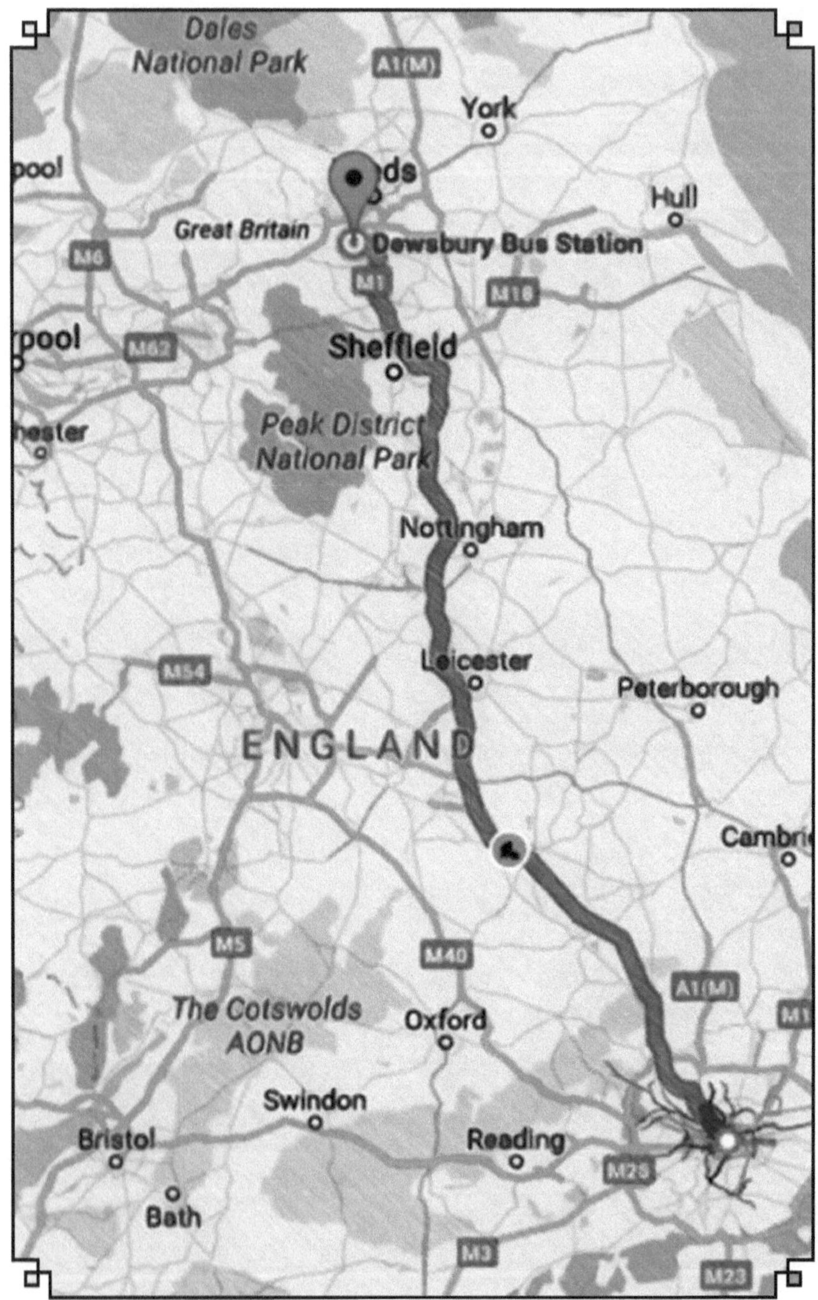

Dales National Park
A1(M)
York
Hull
Great Britain
M6
Dewsbury Bus Station
M1
M18
M62
Sheffield
Peak District National Park
Nottingham
M54
Leicester
Peterborough
ENGLAND
Cambri
M5
M40
A1(M)
The Cotswolds AONB
Oxford
M1
Swindon
Reading
Bristol
M25
Bath
M3
M23

*(6 Juillet 2006)*

Paolo est mort depuis un an!

Je ne peux y croire! Ce n'est pas l' anniversaire de la mort de mon fils. Chaque jour depuis ce  moment, il a disparu le matin et il est ressuscité dans mes rêves la nuit.

Aujourd'hui je ne ferai rien de différent que d'habitude. La tristesse crie si fort qu'elle fait saigner  mes oreilles. Étourdi, je vais au travail. Le jour passe lentement comme une procession funéraire. Il n'y a rien dans ce monde qui accélère le temps, rien pour me faire arrêter de soupirer. Puis, le soir arrive enfin et pour la première fois de ma vie je me saoule. Assis au comptoir d'un pub, j'avale des liqueurs sans compter les verres. Il n'y a pas de miroir sur les murs, je ne vois pas le  pire de moi-même. Je sors tard dans la nuit.

Je marche dans la rue sans un minimum de dignité, urinant un peu dans mon pantalon, un peu dans les coins des maisons. À la fin je vomis tout. Alors ce n'est que maintenant que la tristesse s'en va. Le mauvais goût reste dans ma bouche

Je crache du sang et des petits morceaux de mon cœur en cristal.

*(12 Juillet 2006)*

Les jours passent vite malgré ma ridicule veste dorée.

Les pizzas arrivent maintenant en parfait horaire.

Dans l'après-midi, je suis libre, mais ce n'est pas bien de venir toujours ici, à Edgware Road. Je m'appuie à la même marche.

La première, comme si je m'attendais à être englouti par le monstre. Après tout c'est arrivé à mon  fils, ça pourrait m'arriver aussi.

La lumière de cette heure n'illumine que les premières marches, en dessous des milliers de  personnes montent à bord des rames de métro. J'ai vécu mille ans en équilibre sur la première marche d'une station de métro.

À chaque fois je sens ma peau se déchirer en lambeaux, mais je survis dans l'armure de ma veste jaune-or. Ridicule!

Je n'ai plus parlé avec Lucia. En mon for intérieur, je l'entend crier et m'inciter, et je  caresse ses cheveux salis par le long voyage.

«Demain je les tuerai tous, ne t'inquiète pas.»

Et à la place, je me démène abasourdi par mon naturel amical qui me combat comme un ennemi. Je vais me mettre à l'épreuve!

J'ai dans la poche un nouveau billet pour Dwesbury. Je marche ,alors que le brouillard cache Londres.

Le bus suit des courbes douces vers Leicester, puis Nottingham, Sheffield et enfin Dewsbury. J'arrive quand la ville est déjà réveillée.

Là aussi c'était choquant de savoir que cette ville a

hébergé un Kamikaze. Dans un endroit aussi civilisé, le salut lancé de l'autre côté de la rue, devrait être la seule raison pour laquelle on lève la main au-dessus de la tête.

Pas pour brandir une arme. J'imagine l'assassin de mon fils caressant la tête de ses élèves les jours avant de se faire exploser!

Je pense à ça en observant la jeune femme au regard délicat et timide qui traverse la rue. Ça pourrait être sa femme.

Peut-être qu'elle acceptera de me parler: "Hasina, Hasina...", je suis près d'elle, son visage est figé par la folie. Les filets de larmes font des traces très nettes sur ses joues parfaites. Elle m'attendrit, mais je ne contrôle plus mes actions. J'essaye de la rejoindre , je veux juste lui parler. Elle a une peur bleue. Pas moi!

Je vais à sa rencontre calmement, lui portant le sac de ses courses tombé par trop de hâte. Je suis encore loin quand deux hommes s'interposent.

Elle reste à la porte d'entrée et me regarde. Personne ne parle, ils ont l'air menaçant. Si l'obscurité les avait protégés, ils m'auraient sauté dessus, j'en suis sûr. Je laisse tomber les courses, je prends la photo de Paolo de ma poche. Lui est le seul, parmi nous, à avoir une expression sereine. Cela ne m'aide pas.

Je hurle avec toute la rage que j'ai dans le corps. «Quelqu'un va payer pour ça... Soyez maudits» et je montre le visage sur la photo.

Je ne remarque pas le coup de poing qui m'arrive sur le côté. Un coup rapide, il doit être habitué  à le faire. Je tombe par terre.

Je ne perds pas connaissance et la main est déjà sur le pistolet. Lucide, j'attends un instant avant  de l'extraire. Je suis indécis, eux non.

D'un seul geste, la porte d'entrée se ferme d'un coup violent. Du sang jaillit de la blessure de ma joue enflée.

Je reste comme ça…, ma main dans la poche pour freiner l'envie de tirer sur les fenêtres pour que cette maison devienne aveugle vu qu'elle héberge mes ennemis. Maintenant je connais mieux ma cible.

La blessure me fait mal et le sang nourrit ma rage, mes nerfs à fleur de peau me font trembler.

*(15 Juillet 2006)*

Le travail des jours suivants est un apaisement pour l'esprit.

Je livre des pizzas en souriant.

Je joue à faire le pitre.

La lésion est à peine visible, et mon âme avant même que mon corps, semble être guérie comme par magie, si ce n'était pour cette sensation d'être suivi qui me tient tendu en m'obligeant à me retourner souvent.

«Âme, je dois travailler».

Je le dis à voix haute.

Le propriétaire chinois me fait confiance et me laisse travailler.

J'ai l'impression qu'il pense que je suis dangereux, mais c'est juste une idée. Comment pourrais-je l'être avec cette veste ridicule?

*(29 Juillet 2006)*

Deux semaines de plus s'écoulent dans une inconsciente sérénité.

Puis inévitablement ça arrive...

C'est une nuit chaude comme un baiser formel, pas très sombre comme une nuit de ville. Je rentre à la maison après la bière du vendredi respirant avec goût l'air de fin de soirée. Je risquais et je le savais. C'est pour ça que quand le premier coup est arrivé, je n'ai pas du tout été surpris. Les coups semblent sortir de la nuit comme de forts coups d'ailes.

Dans le noir, ils se matérialisent dans toutes les directions. La méchanceté suspendue dans l'air se jette sur moi. Je ne réponds pas aux coups.

Je ne peux pas, je ne saurais pas comment faire.

J'essaye de leur parler, mais ils sont assez forts pour effacer des jours entiers de mon calendrier. Je me jette par terre en faisant semblant de m'évanouir, peut-être qu'ils arrêteront de me frapper. Mais il n'en est pas ainsi.

Peu à peu, je ne ressens plus de douleur et je n'ai plus de rage à dépenser, un coup de pied me fait tourner vers le ciel.

Je regarde les étoiles et je les vois s'éteindre une à une au-dessus de la rainure des toits. Je pleure, (mais peut-être de joie) tandis que les coups de poing arrivent avec moins d'intensité. Je les sens fatigués, essoufflés, et ils me crachent dessus.

L'un d'eux se penche sur moi, parle doucement à mon oreille, mais les coups à la tête m'ont rendu sourd.

De tout façon, je ne comprendrais pas leur langue. Maintenant qu'il est si près, j'aimerais le frapper mais j'abandonne.

Dans mon esprit, il n'y a que la volonté de limiter les dégâts. Puis un cri... et l'obscurité semble ne plus protéger les assaillants.

Ils s'arrêtent comme des bêtes reniflant l'air, enfin ils disparaissent en courant le long des murs, là où l'obscurité m'empêche de les suivre des yeux.

J'entends les pas s'éloigner rapidement et de loin les mots continuent de me frapper. Enfin les coups n'arrivent plus.

Je ne ressens pas de douleur, mais je suis épuisé.

Je ne pense pas à ma dignité, à mon sang mêlé de salive, à l'urine perdue par peur, à mes vêtements déchirés et sales.

J'aimerais me lever mais les muscles ne m'aident pas, pendant que j'attends que la silhouette vienne vers moi. «Francesca ?»...

Elle se penche sur moi pour soutenir ma tête et essuie doucement mon visage boursouflé. Dans ma bouche, mon âme en lambeaux a un goût écœurant.

«Regarde comment ils t'ont massacrés ... Ah, les salauds!».

«Laisse tomber Francesca, c'est trop dangereux, tu n'aurais pas dû venir, maintenant tu dois partir d'ici».

«J'ai connu Lucia et nous avons parlé longtemps. C'est elle qui m'a demandé de venir. Elle est inquiète pour toi, elle ne veut pas que tu te mettes en danger, elle t'attend à la maison. Elle m'a suppliée de te ramener sain et sauf et j'ai failli échouer!» Elle insiste, l'air confiant de quelqu'un qui a un avantage: la raison.

«Pas avant d'accomplir ma vengeance», je réponds avec rage! Elle me regarde mais ne me reconnaît pas. Je ne la blâme pas.

Que fais-je à Londres, battu à mort avec une arme dans ma poche? Soutenu par Francesca, je rejoins l'auberge.

Le regard sévère du vieux veilleur de nuit, est la dernière pilule que je devrais avaler. Qu'il pense  ce qu'il veut!

Enfin le lit, chaque cellule de mon corps me supplie de l'atteindre rapidement. Dans le silence de la nuit, j'entends le bruit de mes os qui retrouvent leur place. Francesca dort sur le divan. Je ne fais pas de bruit.

Je pleure en silence, je me mords les mains et je reprends des forces avec des soupirs et de la haine. Demain, je donnerai un sens définitif à ma présence ici. J'ai dépassé le point de rupture. Après l'angoisse pour la mort de Paolo, cette maudite peur est le sentiment plus fortement  équilibré de ma vie.

Je dois m'asseoir.

Je me sens faible.

Le cœur a brisé les remblais, le souffle est court dans ma poitrine.

# (30 Juillet 2006)

Le matin arrive, je l'attendais déjà réveillé. Ce n'est pas une bonne journée pour voir un meurtrier planifier ses propres crimes.

C'est pourquoi je ne souris ni au soleil ni à Francesca qui me regarde d'un air rassurant. On se prépare en silence.

Je me regarde dans le miroir, ma figure enflée déforme les traits de mon visage. Ça ne me déplaît pas, je vois un autre se tacher de mes crimes.

À l'arrêt du bus, les gens sont distraits. Ça me met en colère. Je le fais un peu pour eux aussi. Comment ont-ils pu oublier les bombes! Seul le receveur me reconnaît et me salue.

Le voyage est toujours insipide, les mêmes paysages sans couleur ni dessin. Francesca essaie de se faire remarquer. Elle parle, ses mots se cognent contre mon indifférence. Je me fiche de ce qu'elle a à dire.

Elle le comprend, et met sa main sur ma jambe. «Je suis avec toi jusqu'au bout, je voulais juste que tu le saches».

Je ne lui réponds pas.

Je pense à Lucia, sans son coup de coude je ne serais pas allé loin, maintenant elle voudrait m'arrêter. L'inertie de ma rage peut ne pas être suffisante pour aller jusqu'au bout. Je dois rester concentré.

Je suis arrivé jusqu'ici, il est hors de question de s'occuper d'autre chose que de la vengeance, surtout après cette nuit. C'étaient des étrangers.

Ils ont tué mon fils et m'ont battu. Je ne veux pas

qu'ils aillent plus loin.

Je dévore le temps et la route comme le ferait un requin.

Il n'y aura pas d'autres pensées entre moi et cette porte blanche. Mes ennemis au-delà de cette porte laquée.

Je serre mon pistolet avec la seule force du désespoir.

Je suis fou et j'ai des cisailles pour couper n'importe quel avenir. Je sonne avec insistance, certain, que si je les mets en colère, ils me feront du mal et ce sera plus facile de prendre le pistolet et de tirer.

J'attends... le temps passe. Après un moment, Francesca, qui était derrière moi, m'appelle avec douceur, à voix basse.

Je me sens comme un imbécile. Je reste immobile dix minutes devant la porte fermée. Mon caractère inoffensif éteint ma rage.

Je voudrais couler à pic tellement j'ai honte.

Je me maudis!!

Ridicule de colère, je me retrouve seul, ignoré par mes propres ennemis.

On me prend par le bras.

Francesca me guide loin de cette porte qui ne s'ouvrira plus jamais pour moi. Sur le pont d'une petite rivière miroir du ciel, je jette le pistolet dans l'eau, je le regarde disparaître au fond, tandis que l'eau onduleuse efface quelques nuages qui s'y reflétaient.

Je renvoie ma damnation et reprends ma dignité.

Dans les jardins publics, les enfants crient fort pour s'amuser et les grands-parents ont un air heureux.

Grâce à eux, ils ne mourront pas complètement.

Les chanceux! «Merde alors!».

Je ne peux m'empêcher de jurer. Je reconnais le vieil homme du premier soir. Je vais à sa rencontre d'un rythme soutenu et je mets instinctivement ma main dans ma poche en quête de vengeance. Il le remarque, mais il ne s'enfuit pas.

«Arrête!» il le dit en bon italien.

Je ne m'y attendais pas!

«Je sais pourquoi tu es ici et je ne pense pas que tu iras plus loin. Mais si tu dois le faire, ne le  fais pas devant mon petit-fils. Sache que c'est grâce à moi si tu es encore vivant». Je me reflète dans ses yeux et je retrouve mon désespoir.

«Nous avons perdu un fils. C'est arrivé en même temps, et que le mien ait tué le tien ne me console pas. Il a grandi ici, vécu comme un Anglais, parlé comme un Anglais. Il était content de sa femme pour cet enfant, c'était assez pour moi. Je n'ai pas compris ce qui se passait. Puis, il a commencé à  voyager de plus en plus souvent au Pakistan, jusqu'au moment où un inspecteur de Scotland Yard a frappé à la porte. Comme tu vois, je l'ai su en même temps que toi. Depuis je t'attends. Je savais que toi ou quelqu'un d'autre aurait présenté une facture de sang. J'ai toujours payé mes dettes, tu peux collecter. Sauf que je ne m'attendais pas à ce qu'un Italien se présente en premier. J'ai travaillé en Italie pendant cinq ans et je sais que vous êtes un peuple doux et compréhensif, mais si c'est ce que veut Allah...»

Je le comprends, j'aurais raisonné exactement comme lui. Je le vois aussi splendide que la dignité qu'il place sur la paume de ma main. Son petit-fils à arrêter de jouer avec la balançoire. Il écoute  nos discours, curieux de la langue étrangère parlée par son grand-père. Il est beau, il a un visage  rond et une couronne de cheveux crépus. Ses yeux brillent comme la mer sous la lune. Je veux le  prendre dans mes bras, mais avec un geste instinctif de protection, son grand-père m'en empêche. Puis il me le laisse faire.

Je le serre fort dans mes bras et je sens son petit cœur appeler le mien qui s'est perdu depuis  longtemps.

Je suis dégoûté de la vengeance, des guerres, des bombes et de la mort. Alors j'ai une idée  absurde!

Laisse-moi l'élever comme s'il était mon fils. Ce sera la rédemption de nos vies perdues. Mais je le lui dis sans conviction.

Le silence suspendu a un goût enfin sucré, mais je ne saurais dire pourquoi. Puis: «Sa mère est soignée par un psychiatre. Elle a tenté le suicide à cause de la honte. Je ne peux pas  compter sur elle. J'y penserai...».

C'est un homme sage, il me regarde droit dans les yeux avec détermination, peut-être pour me lier  à un serment silencieux.

Nous n'avons plus grand-chose à nous dire.

«Je pense bientôt partir pour l'Italie. Je t'attendrai à Londres encore quelques jours. Ici je ne  viendrai plus, tu peux en être sûr...c'est toi qui me chercheras».

Je suis sur le point de lui donner mon adresse, mais je ne le fais pas. Ils m'ont frappé à quelques pas d'ici, ils peuvent me trouver facilement.

J'ai clos l'affaire.

Je ne regarde même plus Francesca.

Si seulement je pouvais effacer chaque regard sur moi!

J'oublie la haine, la colère et un pistolet au fond de la rivière.

Seule la douleur brûle comme un soleil à son zénith.

# Août 2006

*(6 Août 2006)*

J'ai un billet Alitalia "irréversible". Date, heure et gate imprimés.

Le Chinois de la pizzeria m'a serré dans ses bras et s'est ému.

Pétrir des pizzas l'a rendu un peu italien. Il m'a même donné l'indemnité de départ du travail, alors que je n'étais pas déclaré.

Je passe les derniers jours sur les rives de la Tamise.

Je n'aime pas du tout cette rivière aux eaux boueuses.

J'y appuie mes sombres pensées, mais l'eau lente ne les disperse pas.

Est-ce que j'ai été un bon père pour Paolo? Je voudrais certainement être digne de son souvenir. De n'avoir commis aucun crime est la meilleure façon de commencer.

Je me donne du courage… je souris et même la Tamise semble dorée sous le pinceau du soleil. Je la regarde pour la première fois, dans l'après-midi je prendrai l'avion. Il n'y a pas de substance dans mes soupirs, je ne me suis pas vengé.

Je pense au père de Mohamed Khan, à sa silhouette élégante et triste, à son rêve brisé, à sa douleur si semblable à la mienne, à son soulagement identique à ma vengeance, et je ne suis pas surpris de le voir arriver.

Il en est venu à mes conclusions. Son petit-fils le serre étroitement autour du cou. Je l'envie. Il n'est pas pressé et moi non plus.

Le nôtre est un pacte d'honneur pondéré, pour effectuer un travail honnête et difficile. Élever un homme qui sait être Khaled et comprend les raisons de Paolo.

Je reveux un fils.

Pas un otage ni un gage.

Francesca nous regarde de loin, elle respecte notre intimité.

Nous n'utilisons pas beaucoup de mots.

On n'en aura pas besoin.

«Emmène-le avec toi, les fanatiques voudront en faire un symbole comme fils d'un martyre, pour les Anglais il sera toujours le fils d'un terroriste... tout cela ne doit pas arriver. Je t'en supplie  accorde-lui une vie honorable.»

Puis il me tend l'enfant. Je ne ressentais pas une telle tendresse depuis longtemps. «Voici l'oncle dont te parlait ton grand-père».

Je suppose que ce sont les mots qu'il lui chuchote doucement.

C'est seulement ainsi qu'il passe de son cou au mien.

Il a une étreinte ferme.

Je pourrais rester comme ça pour le reste de ma vie.

Les petites mains touchent les veines de mon cou, gonflées par l'effort de me nier les  larmes.

Je sens que je l'aime déjà, cela m'éloigne de plus en plus de son père qui a réussi à "décider" de  ne plus le voir.

*(6 Août 2006)*

Le voyage du retour. J'ai de nouveau Paolo petit dans mes bras, cela signifie qu'il n'est jamais parti. Je me sens invincible.

J'oublie les coups reçus. Enfin à la maison.

Ici je respire pour la dernière fois cet air ambigu des choses pas encore complètement mortes. Je sens suspendue chaque goutte de tristesse vécue.

Mais je ne veux pas que mon petit invité la respire.

J'ouvre les volets qui claquent avec force.

Je laisse au soleil le soin de tuer les mauvaises pensées cachées dans l'ombre. Khaled sourit serein (mon plus beau cadeau).

Il est curieux de découvrir la maison. Il touche les objets et les mesure en les élevant au-dessus de sa tête. En quelques heures, il est si à l'aise qu'il semble être né ici.

Puis je monte dans ma chambre et m'appuie sur le lit défait, je trouve la lettre de Lucia. Elle a dormi ici.

Elle faisait toujours comme ça quand elle devait me dire quelque chose d'important. Elle écrivait sur une feuille de papier et me la mettait où je pouvais la trouver le soir. Je me sens trop épuisé par les événements récents pour ne pas m'agiter. Quelques mots,une bien maigre invitation.

«Roberto, je veux te voir, parler un peu comme autrefois. Francesca m'a tenu informée de tout à ton insu. Je travaille dans l'église du Divin Amour. Dis-moi quand tu viendras pour que je me libère. Je t'attends.»

Je fixe le lendemain matin.

J'ai aussi envie de la voir. Puis j'appelle Francesca, ce nouveau rendez-vous avec elle, me rassure. «Peux-tu venir demain à la maison que Pa... excuse-moi, parce que Khaled ne peut pas rester seul?».

J'accumule des heures d'amitié pour faire de cette unique nuit de sexe un souvenir perdu dans les heures normales entre nous.

*(21 Août 2006)*

Fraîche est l'ombre de l'église.

Je me sens à l'aise pendant que Lucia vient vers moi. C'est si agréable de la voir sourire. Elle embrasse mes lèvres comme le ferait une sœur, mais moi je comprends autre chose. Je l'embrasse dans le silence solennel des liturgies ici vécues, un geste qui dissout nos tensions. «Comment va ton travail?».

Elle aime que je le lui demande. Mais ce n'est qu'un geste de courtoisie. On réussit à ne pas parler de Paolo.

Elle est très belle, caressée par le temps. Les petites rides autour des yeux sont comme des rayons de soleil.

Elle est plus fascinante maintenant qu'elle sourit gracieusement, ne me perdant jamais de vue. Pendant qu'on parle, le gardien arrive avec une bouteille couverte de poussière et le temps a la forme d'une huître avec une perle à l'intérieur.

La couleur rubis du vin est un mystère d'alchimie. Avoir retrouvé Lucia après tant d'années, est une émotion fantastique. Je vis de l'énergie de ses yeux et je suis indifférent aux histoires de vantardise du vin qu'il verse. Cet homme entre nous n'existe pas, un "serf" sorti de l'ombre ancestrale de l'église.

Même ses gestes lents me gênent. Je n'aime pas sa présence d'homme négligé, mais je ne veux pas qu'il le remarque.

Au contraire, je me demande comment il peut se sentir à l'aise d'avoir une belle femme comme Lucia près de lui. Puis le vin unit le soleil et l'ombre, tandis que le parfum se propage dans l'air. Nous cliquons nos verres avant de boire. Une excellente occasion pour croiser nos yeux amoureux. Lucia maîtrise mieux que moi cet entretien.

Elle me parle de lui, et à lui, elle lui parle de moi avec beaucoup de considération. Je n'avais pas compris pourquoi je devais venir ici, jusqu'à ce que le vin arrive. Qu'il y ait un barman n'est qu'un détail, c'est sa douce anxiété de me faire boire ce nectar qui est un délice.

Entre les plis de sa bouche, son expression de désir ne m'échappe pas. Je suis complice. Je me laisse guider.

Aujourd'hui je n'ai pas de drame, je n'ai pas d'histoire.

Il n'y a qu'elle qui existe et ses désirs. Au restaurant, elle a assumé la modestie d'une vestale. Je dois insister pour la faire manger.

C'est si beau de la voir jouer cet acte, si vivant! Elle raconte ses projets en dessinant de petites boucles dans l'air avec ses mains manucurées. Je suis fou d'elle.

Nous restons peu assis, j'ai envie de parler de mon amour avec le décorum de mon âge adulte. Je fais attention à ne pas prétendre. Je sais que la nostalgie d'un amour rêvé est de la pure magie, sa présence est un redimensionnement inévitable.

Nous sommes sous sa maison.

J'espère qu'elle ne va pas me quitter ici, je ne le voudrais pas.

Je sens mon corps se crisper jusqu'à la douleur physique.

Je dois toucher sa peau, elle va sentir mes vibrations.

Elle se laisse embrasser...

Non, cette fois-ci je ne suis pas pudique. Je n'ai aucune raison de cacher mon excitation si près de son ventre. J'entends enfin ses "oui" hurlés dans le silence de nos baisers.

Ma salive est de l'écume de mer qui baigne ma plage. Nous montons.

Je la pousse sur le lit, tandis que son corps oppose une fausse résistance. Je me déshabille tout seul. Je veux être confronté à un acte accompli.

Il n'y a pas de choses importantes à se dire, jamais plus importantes que les gestes de nos corps. Les mains accueillent la chaleur de sa peau, ma bouche recueille le souffle de ses profonds soupirs de plaisir.

Autour, l'après-midi apaise les rayons du soleil jusqu'à les éteindre dans les coins de la pièce. La soirée autour de moi est colorée d'or foncé. Maintenant je sais que j'ai vécu un rêve et j'aimerais le mériter à nouveau!

La radio diffuse les notes d'une très belle chanson de Don Backy...

*"Je lève les yeux au ciel*

*et je vois des grappes d'étoiles en or*

*elles sont ma vie*

*maintenant finie, si tu n'es pas avec moi...*

*l'aube viendra,*

*la nuit s'en ira*

*et le soleil découvrira des millions de choses avec nous*

*reste avec moi , ne me quitte jamais*

*tu es la seule raison de ma vie*

*laisse-moi vivre*

*montagnes pleines de lumière,*

*que je cherche seulement pour toi*

*vertes histoires d'amour que j'écris pour toi,*

*tu es pour moi, le rêve de mon amour*

*quelque chose qui reste toute la vie,*

*au-delà de la vie..."*

*(RÊVE)*

C'est moi qui aurais voulu l'écrire... je la lui dédie.

Je ne suis pas rassasié de son corps mais je freine mes élans. Elle me regarde de son côté de lit. Elle allume une cigarette.

Je me lève pour prendre un verre d'eau mais ses paroles me le font oublier. «Je m'en vais. J'ai signé un contrat pour l'Amérique du sud , je serai absente pendant longtemps». Et voilà, notre avenir glisse entre mes mains, comme le sable de certaines plages. Je ne pensais pas que ça faisait aussi mal!

Je sens le sang s'arrêter dans mes veines. Je me sens faible, je m'assois.

«Tu as raison d'accepter, c'est ta vie.»

Je ne suis pas content. Je n'ai jamais su dissimuler, aujourd'hui je ne fais pas d'exception. Mais je pense que mes paroles peuvent lui convenir maintenant.

Elle ne me demande rien d'autre, elle ne veut pas approfondir la discussion. Simplement elle me laisse partir sans se retourner en arrière. Dans la voiture j'allume la radio, mais je n'ai plus envie d'entendre le son de mes rêves brisés.

# Mars 2025

*(fin Mars 2025)*

… Si j'avais pu l'écrire, ce scénario de ma vie aurait été "celui" de notre dernière rencontre. Mais ce n'était pas le cas. Nous nous sommes revus d'autres fois.

Au cimetière pour l'anniversaire de la mort de notre fils.

Je l'ai vue parler à la photo, caresser le visage du portrait, avec des mains douces et des doigts effilés, elle transmettait l'amour d'une maman maladroite, et la tendresse me serrait le cœur. Après tout, je l'aimais telle qu'elle était, engagée et lointaine.

Un soir, nous sommes même sortis dîner.

Mais elle était toujours pressée et ses baisers avaient le goût d'autres terres, peut-être d'autres hommes, mieux vaut laisser tomber.

Mais je l'aime toujours!

Je le dis maintenant que beaucoup de temps s'est écoulé.

Maintenant que je prononce des mots au chevet de mon existence.

Quel étrange objet est le temps si lourd sur la peau, si léger quand il s'éloigne de toi. Quelles formes étranges il prend, parfois rond comme un ballon coloré, d'autres fois, aussi tranchant qu'une lame de Tolède.

Depuis j'ai compté dix-neuf ans.

Toutes ces années sans jamais cesser de désirer la mort, mais comme choix secondaire. J'ai élevé mon deuxième enfant comme un acte de bonheur. Je le regarde dormir assis sur un  fauteuil au bout de mon lit d'hôpital. Mais derrière ses yeux fermés, je vois un homme généreux, un "gentleman". Je l'aime comme j'ai aimé Paolo. Je sens que l'esprit de Dieu m'accorde encore quelques heures pour le luxe des dernières larmes de joie. Nous avons récemment célébré son  diplôme en médecine.

Nous connaissions déjà ma maladie. On a rien dit à personne. C'était notre secret. Il a vécu ces derniers mois avec la douleur de qui perd son père et cela m'a rendu fier. J'ai eu peur de le perdre chaque jour et il ne pouvait pas en être autrement. Perdre Paolo a été atroce sans aucune possibilité de guérison.

Je suis désolé de le lui avoir transmis.

Il a donné le maximum de lui-même. Il a passé sa jeunesse isolé à la maison pour étudier. Mais il a vécu comme une " chrysalide". Un long travail pour devenir le plus beau papillon! Maintenant il est médecin et j'aimerais qu'il sauve la vie de beaucoup de personnes, pour faire oublier celles que son père a arraché à la terre.

Les terroristes, quant à eux, se sont à nouveau présentés. Leurs gestes sont rapides pour ne pas  penser d'être du mauvais côté

Idées proposées avec le rugissement des bombes.

Quelle idiotie!!!

Puis quand le bruit s'arrête et que la poussière des explosions retombe au sol, il ne reste plus rien de leurs raisons, seul l'index pointé des victimes.

Dans le silence de l'obscurité, une radio diffuse de la musique classique. Je me détends. Espérons que cette nuit soit la plus longue de mes 73 ans, je veux terminer ce journal intime. C'est mon seul héritage, ce que je n'ai pas pu laisser à Paolo.

Au fil des années, j'ai gardé des paroles somptueuses à utiliser au "moment de la mort". Voici enfin ma condition idéale!!! Si proche de la miséricorde de Dieu, si loin de la haine des hommes.

"Le point de non retour", le pont supérieur du navire, sur la mer agitée.

Une position privilégiée pour observer l'horizon, tandis que la proue est pointée sur un parcours  tracé, un destin accompli.

Du pont " de non retour ",nous en avons parlé comme d'un dernier battement de cœur, un souffle cassé entre les dents, la courbe basse du soleil mourant.

Maintenant je sais que ce n'est pas comme ça!

C'est la cinquième saison de la vie.

La plus courte, la plus intense.

Je la vis en pleine conscience. Je remercie Dieu!

Je ressens une plus grande responsabilité maintenant que le vieux Pakistanais est mort. Lors de ses funérailles, son visage serein contrastait fortement avec les cris de ses proches qui  s'agitaient autour de lui.

Mon Khaled avait un comportement enviable.

Il s'est tenu à l'écart de cette agitation.

Triste, absorbé dans ses pensées, il tenait la main de son grand-père.

Moi, en retrait…. Je le regardais.

Je sentais tellement  qu'il était mon fils que je me considérais comme récompensé.

Je n'étais même pas contrarié d'être regardé avec hostilité par les autres, j'étais là pour honorer un vrai homme.

Il avait défendu ses choix jusqu'à sa mort , en me désignant et en lui disant: «Voici, c'est ton père». Cela avait été comme une caresse virile, qui avait assuré ma vieillesse.

Je lui en étais reconnaissant!

Je le voulais tellement dans le secret de mon cœur depuis notre rencontre dans le parc. Maintenant je le sais!

Mais le temps des rêves est fini!

Dommage!

Je me suis trop distrait.

Je dois me dépêcher, la maladie a emporté ma lucidité.

Je peux à peine distinguer, dans le brouillard de mes yeux faibles, le matin ou la nuit. Si je pouvais résister encore un jour de plus!

Ma peau est tendue par l'échafaudage de mes os, comme les pales du moulin à vent de Don  Quichotte.

Comme j'aimerais que le vent me transperce. Vivre cette sensation de vertige que donne l'envol, gonfler les ailes et aller....

«Khaled, emmène moi sur le balcon, fais-moi prendre un peu d'air frais.»

«Papa, tu sais bien que ça te fait du mal, tu n'es pas en mesure de sortir.»

«Mon fils, juste une dernière faveur s'il te plaît. Ce seront des minutes bien dépensées crois-moi». Vu que je ressemble à une pale de moulin à vent, je veux ma part d'air et de  vol! Ses bras puissants me soulèvent comme une voile sur le mât.

Je me sens bien dans le périmètre de son étreinte.

Je goûte le vent sur mes lèvres, je sens enfin naître mon plus beau sourire.

Lucia me rejoint au même moment que ma vie s'éteint.

Son baiser sur mon front est l'étoile du Nord sur la mer calme.

Je laisse les choses glisser et je me sens heureux maintenant que j'entends Khaled pleurer. «Voici l'homme bon que je t'ai promis quand Paolo est né».

«Voici mon cadeau mon Dieu!».

Et enfin la réponse de Dieu arrive.

Pendant que je pars pour toujours, aucune bombe ne se déclenche dans le monde... aucune rose ne s'imbibe de sang.

Jusqu'où peut-père qui a perdu son fils dans un acte terroriste aller?

Quelles intentions de vengeance peut-il méditer, pour donner effet à une justice privée qui tuera aussi la mémoire et la pitié ?

Sang de rose écarlate est un chemin d'égarement et de rédemption. Seulement si nous ne suffoque pas dans les sentiments que nous sommes capables de ne pas nous perdre.

Si la douleur et la perte peuvent brutaliser l'âme humaine au point de se flétrir, alors puiser dans les racines de l'amour signifie renaître à une nouvelle vie, s'enrichir d'une conscience lumineuse et retrouver un monde de pitié et d'affection que l'on craignait de perdre. Sang de rose écarlate est le voyage d'une conscience déchirée et nous invite à prendre note de ce qu'il y a de plus profond s'agite en chacun de nous.